# इच्छा-मृत्यु

## पैसिव यूथेनेशिया

# इच्छा-मृत्यु

## पैसिव यूथेनेशिया

**अंशु हर्ष**

वाणी प्रकाशन

प्रकाशन के उत्कृष्टतम 63 वर्ष

vaniprakashan.com

पेपरबैक पहला संस्करण : 2026

वाणी प्रकाशन

*4695, 21-ए, दरियागंज, नयी दिल्ली-110 002*

*फ़ोन : + 91 11 23273167, 23275710*

**शाखाएँ**

*अशोक राजपथ, पटना-800 004, बिहार*

*कॉफ़ी हाउस कैम्पस, महात्मा गांधी मार्ग, प्रयागराज-211 001, उत्तर प्रदेश*

*महात्मा गांधी अन्तरराष्ट्रीय हिन्दी विश्वविद्यालय, वर्धा-442 001, महाराष्ट्र*

sales@vaniprakashan.in
vaniprakashan@gmail.com

Ichchha-Mrityu
*by* Anshu Harsh

ISBN : 978-93-7348-593-5
Novel



मूल्य : ₹ 150



*आर. टेक ऑफ़सेट, दिल्ली-110 032 में मुद्रित*

*वाणी प्रकाशन का लोगो मक़बूल फ़िदा हुसैन की कूची से*

## समर्पण

*समर्पित मेरे मन को*
*जो मुझे लिखने के लिए प्रेरित करता है*
*जो मेरे सृजन का साथी है।*
*समर्पित उस आत्मा को*
*जिसने यह कहानी लिखने का साहस दिया।*
*समर्पित उस देह को*
*जिसने यह दर्द भोग कर जीवन यात्रा को जारी रखा।*
*समर्पित सृष्टि के संचालक को*
*जिसके अधीन मैं हूँ।*

- **अरुणा शानबाग** के साथ किंग एडवर्ड मेमोरियल अस्पताल में बलात्कार और गला घोंटने की कोशिश के साथ हमला हुआ था।
- **अस्पताल में महिला मरीज़ के साथ बलात्कार, सरकारी तन्त्र पर उठे सवाल** यह केस स्वास्थ्य संस्थानों में महिलाओं की सुरक्षा पर गम्भीर सवाल खड़ा करता है। न्यायिक प्रक्रिया लम्बी चली और मीडिया में दबाव के बाद ही यह मामला चर्चा में आया।
- **दलित महिला के साथ बलात्कार और हत्या, सामाजिक न्याय की लड़ाई** यह मामला सामाजिक विषमता और जातिगत शोषण के ख़िलाफ़ संघर्ष का प्रतीक बन गया था।
- **पुलिस थाने में आदिवासी लड़की के साथ बलात्कार, सुप्रीम कोर्ट के फ़ैसले के ख़िलाफ़ देशभर में विरोध** 1978 में सुप्रीम कोर्ट ने पुलिसकर्मियों को यह कहकर बरी कर दिया कि लड़की ने विरोध नहीं किया, इसलिए यह सहमति से हुआ। इस फ़ैसले के ख़िलाफ़ देशभर में नारी आन्दोलनों की लहर उठी और बलात्कार सम्बन्धी क़ानूनों में संशोधन की माँग तेज़ हुई।
- **निर्भयाकांड** *"दिल्ली में चलती बस में युवती से सामूहिक बलात्कार, देश भर में मचा आक्रोश"*।
- **हैदराबाद वेटरनरी डॉक्टर रेप केस** *"हैदराबाद में महिला डॉक्टर के साथ गैंगरेप और हत्या, पुलिस मुठभेड़ में चारों आरोपी ढेर"*

ऐसी अनगिनत घटनाएँ हैं जिन्होंने मुझे यह लघु उपन्यास लिखने के लिए प्रेरित किया।

हर कहानी, हर पीड़ा, हर अन्याय ने मेरे मन को भीतर तक झकझोरा और मुझे यह महसूस कराया कि इन आवाज़ों को शब्द देना ज़रूरी है क्योंकि कई बार ख़ामोशियों के पीछे छिपा सच, सबसे ज़्यादा बोलता है। यही वे अनुभव और संवेदनाएँ थीं, जिन्होंने इस रचना को जन्म दिया।

# प्रस्तावना

आज के तकनीकी युग में जब हम इस कहानी को पढ़ेंगे, तो हमें अपने विचारों और सोचने-समझने की क्षमता को कुछ दशक पीछे ले जाना होगा। यह कहानी सत्तर के दशक की है। उस समय न तो मोबाइल फ़ोन थे, न ही आज की तरह सीसीटीवी कैमरों का चलन था। किसी घटना के घटित होने पर वह आग की तरह पूरे देश-दुनिया में नहीं फैलती थी, बल्कि समाचार पत्रों के माध्यम से केवल एक सीमित क्षेत्र तक ही पहुँच पाती थी। कुछ घटनाओं की दस्तक अगर सरकार के दरवाज़े पर पड़ जाती तो अपने संभाग से निकल कर राष्ट्र स्तर पर भी सुनने में आती और उम्मीद करती शायद कुछ बदलेगा।

ऐसी घटनाएँ तब भी आम थीं और आज भी हैं। उतनी ही दर्दनाक, उतनी ही असहनीय। बदला है तो सिर्फ़ दौर, बाकी कुछ भी नहीं बदला।

एक सबसे घिनौना अपराध दामिनी के साथ बलात्कार था उसे कहीं दबा दिया गया। अस्पताल प्रबन्धन ने इस घिनौनी सच्चाई को क्यों छुपाया, ये कोई नहीं जानता। अपराध वो, जो अन्दर ही अन्दर दफ़न हो जाता है, अक्सर अपने बेगुनाही के सबूत ख़ुद ही मिटा लेता है और शायद हमारा न्यायिक तन्त्र भी ऐसा ही है, जहाँ गुनाह के सबूत हमेशा कच्चे होते हैं वो कभी भी, कहीं भी मिटा दिये जाते हैं। दामिनी की आवाज़ तो ख़ामोश थी, और हमारे सिस्टम में ख़ामोश चीखों को कौन सुनता है?

इस केस के लिए पैसिव यूथेनेशिया 'इच्छा-मृत्यु' की अर्ज़ी कोर्ट में लगाई गयी थी, सुप्रीम कोर्ट के इस फ़ैसले ने दामिनी के लिए कोई अन्तिम निर्णय तो नहीं दिया, लेकिन इस फ़ैसले ने भारत में "पैसिव यूथेनेशिया" के लिए एक क़ानूनी आधार स्थापित किया।

**—अंशु हर्ष**

## महत्त्वपूर्ण सूचना

"यह कहानी पूरी तरह से सच है, सिवाय उन हिस्सों के जो पूरी तरह से मनगढ़ंत हैं।"

# एक

मुश्किल समय का एक दिन एक बरस जैसा लगता है। यह बात यूँ तो हर इन्सान नहीं कह सकता, लेकिन हर जीव परमात्मा का अंश होता है और यह शरीर उसकी देन है। पर यह कहानी जिस जीव की है, वह बेहद साहसी है। उसने जीवन के संघर्षों का सामना ऐसे किया, जैसे किसी ने अदम्य साहस से जीवन की चुनौतियों को स्वीकार किया हो। इस जीव ने वर्षों तक अपनी ख़ामोशी में अपने दिल की बात कही, क्योंकि वह जानता था कि उस दौर में जब लोग शब्दों का मोल नहीं समझते, ख़ामोशी तो और भी अनसुनी रह जाती है। लेकिन उसने हार नहीं मानी, क्योंकि उसकी ख़्वाहिश थी कि वह इस दुनिया में कुछ कर दिखाये, अपना नाम बनाए।

इस कहानी का वह सूक्ष्म तत्व, जिसे हम आत्मा कहते हैं, वही असल शक्ति है। यह शरीर, जो हमें दिखाई देता है, उसके भीतर बसी वह आत्मा इतनी शक्तिशाली होती है कि उसके बिना शरीर सिर्फ़ एक ढाँचा बन जाता है। यह सूक्ष्म शक्ति शरीर के शिथिल हो जाने पर भी अपनी उपस्थिति से उसे जीवन का संचालन देती है। यह वही शक्ति है जो अन्तिम क्षण तक साँसों को नियन्त्रित करती है।

जब देह खण्डित हो जाती है और आत्मा जीवित रहती है, तो देह में नव परिवर्तन की सम्भावना होती है। लेकिन जब देह पूर्ण दिखती है और आत्मा मर जाती है, तो वह देह मात्र अन्त की ओर यात्रा करती है।

यह कहानी ऐसी ही एक जीव की है, जिसकी देह तो यहाँ के संसार में नाम कमाना चाहती थी, लेकिन उसके कर्म बन्धनों ने उसे जीवन का एक अलग ही रूप दिखा दिया।

दुनिया का कोई भी कोना हो, अस्पताल उन चन्द जगहों में से है जहाँ का काम चौबीसों घण्टे बिना रुके चलता रहता है। डॉक्टर, नर्स, और प्रबन्धक स्टाफ़, सभी समय और नियम के अनुसार अपनी-अपनी ड्यूटी निभाते हैं। जैसे ही कोई अस्पताल के परिसर में क़दम रखता है, हर चेहरे पर अलग-अलग भाव साफ़ नज़र आने लगते हैं। कोई डरा हुआ, कोई चिन्तित, कोई बीमारी से मुक्त होकर मुस्कुराता हुआ, कोई सदमे में डूबा हुआ, तो कोई अपने किसी प्रियजन को खोकर जाता हुआ। वहीं कुछ चेहरे ऐसे भी होते हैं जो नये जीवन के आगमन की ख़ुशी में खिलखिला रहे होते हैं। इस तरह, अस्पताल का माहौल अनगिनत मिश्रित भावों से भरा रहता है।

मुम्बई की एक भीड़भाड़ वाली सड़क पर स्थित ऐसा ही एक अस्पताल, जहाँ रोजाना सैकड़ों मरीज़ आते-जाते रहते थे, अपने नियम और अनुशासन में बन्धा रहता। अस्पताल का माहौल हर वक़्त तनाव और उम्मीद के बीच झूलता रहता। 28 नवम्बर, 1973 की सुबह भी कुछ अलग नहीं थी।

26 वर्षीय पवन, जो अस्पताल के सफ़ाई कर्मचारियों में से एक था, रोज़ की तरह अपने काम पर था। वह बेसमेंट की तरफ़ गया, जहाँ सफ़ाई के लिए उसका रोज़ का आना-जाना था। लेकिन आज कुछ अलग था। ड्यूटी रूम का दरवाज़ा थोड़ा खुला हुआ दिख रहा था, जो आमतौर पर बन्द रहता था। उसकी नज़रें ठिठक गयीं। वह इस सोच में पड़ गया कि उसे क्या करना चाहिए। ये जगह नर्सों के चेंजिंग रूम के पास थी, और अन्दर की लाइट जल रही थी। पवन ने सोचा शायद कोई सिस्टर कपड़े बदल रही होगी, इसलिए उसने दरवाज़ा नहीं खटखटाया। लेकिन एक अजीब-सा सन्देह उसके मन में घर कर गया।

पवन हर रोज़ सबसे पहले वहाँ पहुँचता था, और सुबह की सफ़ाई के वक़्त वहाँ कोई नहीं होता था। आज सब कुछ अजीब लग रहा था। वह अपने आप से सवाल करने लगा–"जो सिस्टर ड्यूटी पर आती है, वो तो पहले ही आ चुकी है...पिछले बीस मिनट से मैं यहाँ हूँ, किसी को आते-जाते देखा नहीं। और तीसरी चाबी...वह भी नहीं है।"

पवन की नज़र अचानक कॉरिडोर में खड़े मदनलाल पर पड़ी। वह भी अस्पताल में सफ़ाई कर्मचारी था और पवन का सहकर्मी तथा अच्छा मित्र था।

दोनों प्राय: एक साथ काम करते थे, और जब भी काम से फुर्सत मिलती, तो अपना ख़ाली समय भी साथ में ही बिताते। उनके बीच एक सहज मित्रता थी।

उसने इशारे से मदनलाल को बुलाया और अपनी आशंका व्यक्त की। मदनलाल, जो थोड़ा ज़्यादा अनुभवी था, ने कहा, "हमें अन्दर जाकर देखना चाहिए।" दोनों धीरे-धीरे दरवाज़े के पास पहुँचे। पवन ने सावधानी से दरवाज़ा थोड़ा और खोला। अन्दर का दृश्य देखकर उसकी साँसें थम गयीं।

फ़र्श पर पर्स और कुछ सामान बिखरा पड़ा था, लेकिन कमरे में कोई नज़र नहीं आ रहा था। पवन ने हल्के से पुकारा, "सिस्टर...सिस्टर...कोई है?" लेकिन कोई जवाब नहीं आया, ना ही कोई हलचल हुई। कमरे में घना सन्नाटा पसरा हुआ था।

पवन का दिल तेज़ी से धड़कने लगा। कुछ तो गलत था, यह अब उसे महसूस होने लगा था। लेकिन उससे पहले कि वह कुछ और सोच पाता, उसकी नज़र ज़मीन पर पड़ी रोशनी पर गयी, जिसमें दो पैर नज़र आ रहे थे। उन पैरों पर एक साड़ी यूँ ही लापरवाही से पड़ी हुई थी, और उससे गहरा लाल-काला-सा तरल पदार्थ रिस रहा था...शायद ख़ून था। उसने चौंककर नज़रें इधर-उधर घुमाईं। आसपास की दीवारों पर भी कुछ छींटे दिखाई दिये–सूखे हुए ख़ून के, जो जैसे किसी अधूरी चीख़ की तरह सन्नाटे में चिपके हुए थे।

पवन के हाथ काँपने लगे। घबराहट में उसने दरवाज़ा झट से बन्द कर दिया। मदनलाल, जो पीछे खड़ा था, ने उसकी घबराहट को भाँप लिया। उसने पूछा, "क्या हुआ पवन?" और दरवाज़े को फिर से खोलने की कोशिश करने लगा। पवन ने जल्दी से उसका हाथ पकड़ लिया और धीमी आवाज़ में कहा, "नहीं...हमें पहले किसी को बुलाना चाहिए।"

मदनलाल की आँखों में भी अब डर झलकने लगा था। "क्या देखा तुमने?" उसने घबराई हुई आवाज़ में पूछा। पवन ने एक गहरी साँस ली, उसकी नज़रें अब भी दरवाज़े पर टिकी थीं, "कुछ तो बहुत गलत है अन्दर। हमें तुरन्त किसी को बुलाना होगा।"

दोनों ने एक-दूसरे की ओर देखा और मन ही मन एक दूसरे की भाषा समझ गये कि इस वक़्त यहाँ जो हुआ था, वो कुछ ऐसा था जिसका अनुमान लगाना भी उन्हें भयभीत कर रहा था।

पवन और मदनलाल, घबराहट और डर से बेसमेंट से लगभग भागते हुए अस्पताल के मुख्य रिसेप्शन पर आ गये। सुबह के साढ़े आठ बज रहे थे, और दोनों के चेहरे पर बेचैनी साफ़ दिखाई दे रही थी। वे सोचने लगे कि किसे और कैसे बताना चाहिए। किस तरह इस स्थिति को सँभाला जाए? उनकी आँखें इधर-उधर दौड़ रही थीं कि तभी उनकी नज़र सिस्टर आशा पर पड़ी। सिस्टर आशा अस्पताल की हेड नर्स थीं अनुभवी, समझदार और धैर्यवान। किसी भी स्थिति में वह संयम बनाए रखतीं और हर काम को पूरी गम्भीरता और सलीके से सँभालती थीं। अस्पताल का स्टाफ उनकी इज़्ज़त करता था, क्योंकि वह न केवल निर्देश देती थीं, बल्कि हर किसी की बात ध्यान से सुनतीं और उनकी परेशानियों को समझने की कोशिश भी करती थीं। आशा अपनी ड्यूटी की तैयारी कर रही थी, ओपीडी शुरू होने वाली थी, और वह अपनी टेबल को व्यवस्थित कर रही थी।

पवन ने थोड़ी हिम्मत जुटाई और धीमे क़दमों से सिस्टर आशा के पास पहुँचा। उसकी आवाज़ हकलाते हुए निकल रही थी, मानो डर और घबराहट उसके हर शब्द पर भारी पड़ रही हो। "सिस्टर...आप...एक बार बेसमेंट चलिए...किसी सिस्टर की शायद तबियत ख़राब है।...या  शायद कुछ तो गड़बड़...हो गया है।"

सिस्टर आशा की आँखों में आश्चर्य और चिन्ता एक साथ उमड़ पड़ी। उसने तुरन्त पूछा, "कौन-सी सिस्टर? क्या हुआ है? साफ़-साफ़ बताओ।"

पवन ने घबराई हुई आवाज़ में जवाब दिया, "मुझे पता नहीं कौन-सी सिस्टर है...लेकिन वह वहाँ...फर्श पर गिरी हुई है, या शायद बेहोश है।" उसकी आवाज़ अब और भी कमज़ोर हो गयी थी। उसने कुछ और कहने की कोशिश की, लेकिन शब्द जैसे उसके गले में अटक गये।

सिस्टर आशा का चेहरा और गम्भीर हो गया। "तुमने ठीक से क्यों नहीं देखा? क्या तुम्हें समझ नहीं आया कि क्या करना है?" उसने डाँटते हुए कहा, लेकिन उसके क़दम पहले ही बेसमेंट की ओर बढ़ चुके थे। पवन और मदनलाल उसके पीछे-पीछे चलने लगे। पवन की घबराहट हर क़दम के साथ बढ़ती जा रही थी।

चलते-चलते पवन ने धीरे से कहा, "मैंने...मैंने दरवाज़ा खोलने की कोशिश की थी...लेकिन..." उसकी आवाज़ काँप रही थी।

सिस्टर आशा ने झुंझलाते हुए पूछा, "लेकिन क्या?"

पवन ने काँपते हुए कहा, "शायद...उसने कुछ पहना नहीं था...इसलिए मैंने ज़्यादा नहीं देखा...मैं...मैं और देखना नहीं चाहता था।"

यह सुनकर सिस्टर आशा का चेहरा पलभर के लिए सख़्त हो गया। उसकी चाल और तेज़ हो गयी, लेकिन उसने कुछ नहीं कहा। पवन के दिल की धड़कन तेज़ हो गयी थी, उसके मन में अजीब-अजीब ख़याल आने लगे थे। आख़िर क्या हुआ था वहाँ?

सिस्टर आशा अचानक ठिठक गयी। पवन की बात सुनते ही उसके भीतर भी एक अजीब सा डर पसर गया। वह उसकी ओर कुछ पल के लिए देखती रही, फिर ख़ुद को संयत करते हुए तेज़ क़दमों से चेंजिंग रूम की तरफ़ बढ़ने लगी। लेकिन पवन की बातें और स्थिति की गम्भीरता उसके क़दमों पर भी असर डाल रही थीं। उसका दिल तेज़ी से धड़कने लगा था, और हर क़दम के साथ उसका भय और गहरा हो रहा था। अचानक उसकी नज़र रास्ते में पड़े एक पर्स पर पड़ी।

"अरे...यह तो दामिनी का पर्स है!" आशा के मुँह से अनायास ही निकला और उसके विचारों में दामिनी घूमने लगी, दो दिन पहले दामिनी ने ही बड़े उत्साह से यह नया पर्स ख़रीदा था और दिखाते हुए बताया था कि वह कितनी ख़ुश है। दामिनी, अस्पताल की वही नर्स थी जो हमेशा हँसमुख और ज़िन्दादिल रहती थी। अचानक उसकी आँखों के सामने पिछली रात की बातें ताज़ा होने लगीं, जब दामिनी ने मुस्कुराते हुए अपना नया पर्स दिखाया था और साथ ही अपनी नयी साड़ी भी, जिसे उसने बहुत शौक से ख़रीदा था। उसकी शादी जल्द ही होने वाली थी, और वो इन दिनों उसी की तैयारियों में जुटी हुई थी। उसकी आँखों में उस समय एक अलग ही चमक थी सपनों और उम्मीदों से भरी हुई। उसकी हँसी और बातें अब आशा के कानों में गूँजने लगीं।

वर्तमान में लौटते ही, आशा के विचारों में अचानक जैसे ब्रेक लग जाता है। वह झट से अपने दिमाग़ को स्थिर करने की कोशिश करती है और फिर आगे बढ़ती है। रास्ते में इधर-उधर बिखरा हुआ सामान देखकर उसकी घबराहट और बढ़ गयी। अनहोनी की आशंका से उसका दिल ज़ोर-ज़ोर से धड़कने लगा था।

जैसे ही सिस्टर आशा ने दृश्य देखा, सिस्टर के मुँह से एक धीमी आवाज़ निकली, "हे भगवान..."

उसके सामने जो दृश्य था, उसे देखकर आशा के होश उड़ गये। उसके पैरों तले ज़मीन खिसक गयी और आँखों के आगे अँधेरा छाने लगा।

वह जो देख रही थी, वह उसकी सबसे भयावह कल्पनाओं से भी परे था। ज़मीन पर दामिनी पड़ी हुई थी—वही दामिनी जो ज़िन्दगी से भरी हुई थी, अब बेजान-सी पड़ी थी। उसका चेहरा बिखरे हुए बालों से ढका हुआ था, और उसकी साड़ी और पेटीकोट उसके शरीर पर अस्त-व्यस्त तरीक़े से लिपटे हुए थे, जैसे किसी ने उन्हें वहाँ फेंक दिया हो।

सिस्टर आशा की नज़रें दामिनी के शरीर के चारों ओर फैले ख़ून पर गयीं। उसका चेहरा, उसके पैर—सब कुछ ख़ून से सने हुए थे। कुत्ते के गले में बाँधने वाली चेन दामिनी के गले में लिपटी हुई थी। इस भयानक मंज़र को देखकर आशा के दिल में जो डर बैठा था, वो अब पूरी तरह उस पर हावी हो चुका था। लेकिन वो चेहरा देखने की हिम्मत नहीं कर पा रही थी।

अस्पताल में मरीज़ों और मौत का सामना अक्सर करने वाली सिस्टर आशा ने कभी भी इस तरह का भयावह दृश्य नहीं देखा था। उसका दिल बैठा जा रहा था। वह अपने पैरों को मुश्किल से सँभाल पायी और बस ठिठकी खड़ी रही, सन्न और हतप्रभ! उसका मन ये मानने को तैयार नहीं था कि ये दामिनी हो सकती है, वो सोचने लगी काश ये कोई अजनबी हो। कई बार कितने स्वार्थी हो जाते हैं हम ऐसी घटनाओं को हम अपने अपनों के साथ स्वीकार नहीं करते, किसी अजनबी के साथ हो तो हमें कोई फ़र्क़ नहीं पड़ता।

पवन और मदनलाल के चेहरे पर खौफ़ था—"कौन है अन्दर?"—लेकिन इससे पहले कि वह और कुछ पूछ सके, सिस्टर आशा ने उन्हें सख़्ती से बाहर जाने का इशारा किया।

"जाओ, जल्दी से एक स्ट्रेचर लेकर आओ और ड्यूटी पर जो भी नर्स हो उसे बुलाओ!"

उनके सख़्त लहजे ने पवन और मदनलाल को हड़बड़ा दिया। दोनों बिना कोई सवाल किए वहाँ से दौड़ पड़े। आशा ख़ुद भी घबराई हुई थी, लेकिन

उसे हिम्मत से काम लेना था। वह तेज़ी से ऊपर की ओर भागी, उसके दिमाग़ में बस एक ही बात चल रही थी किस डॉक्टर को बुलाया जाए?

सीढ़ियाँ चढ़ते हुए उसकी आँखें इधर-उधर डॉक्टरों को ढूँढने लगीं। तभी, जैसे किस्मत ने साथ दिया, उसे डॉक्टर मेहता उनके कमरे की तरफ़ जाते हुए दिखाई दिये। डॉ. मेहता इस अस्पताल के एक कुशल और प्रतिभाशाली युवा डॉक्टर थे।

"डॉक्टर मेहता!" आशा ने हड़बड़ाहट में उन्हें आवाज़ दी, और जब डॉक्टर ने उसकी घबराई हालत देखी तो वे वहीं ठिठक गये।

"क्या हुआ, सिस्टर?" डॉक्टर ने फौरन पूछा।

आशा ने साँसों को नियन्त्रित करने की कोशिश करते हुए बेसमेंट में हुए भयावह दृश्य के बारे में बताया। शब्द उसके मुँह से मुश्किल से निकल रहे थे, लेकिन डॉक्टर मेहता बात की गम्भीरता को समझ गये और तुरन्त उसके साथ नीचे चल दिये। दोनों तेज़ क़दमों से बेसमेंट की ओर बढ़ रहे थे। चलते-चलते डॉ. ने पुछा कोई अन्दाज़ा कि कौन-सी नर्स उस वक़्त ड्यूटी पर थी? आशा कहती है, दिमाग़ बिलकुल स्थिर हो गया है डॉक्टर स्थिति को देखते हुए कुछ याद नहीं आ रहा है, डॉक्टर ने भी कहा कोई बात नहीं, चलो पहले देखते हैं।

आशा के क़दम तो आगे बढ़ रहे थे, लेकिन उसका दिमाग़ अब भी उस दृश्य में अटका हुआ था। बार-बार जब वह फर्श पर पड़े उस पर्स को याद करती, तो उसका दिल डूबने लगता। पर्स दामिनी का था यह बात उसे अन्दर तक हिला रही थी। दामिनी, वो कितनी मेहनती थी, यह तो अस्पताल में हर कोई जानता है। हर मरीज़ का वह बेहद ध्यान रखती है न सिर्फ़ उनके इलाज़ का, बल्कि उनके मनोबल का भी। वह मुस्कुराते हुए पूरे दिन के सारे काम निपटाती बिना थके, बिना किसी शिकायत के। उसकी मौजूदगी से ही अस्पताल का माहौल कुछ बेहतर, कुछ सकारात्मक-सा लगता था जैसे उसकी मुस्कान पूरे वार्ड में जीवन की रोशनी भर देती हो। क्या वो दामिनी ही थी जो इस हालत में बेसमेंट में पड़ी थी? यह ख़याल आते ही उसका दिल बैठ-सा जाता।

लेकिन आशा जानती थी कि वह कुछ भी तब तक नहीं कह सकती जब तक वह ख़ुद दामिनी का चेहरा नहीं देख लेती। उसे अब तक बस उसके

कपड़े, उसके पर्स और उसके इर्द-गिर्द बिखरे सामान ने उस पहचान की ओर इशारा किया था, लेकिन वह तब तक कुछ नहीं कहेगी जब तक यक़ीन न हो जाये।

उसके मन में यह सब उथल-पुथल चल ही रही थी, और तब तक वे बेसमेंट के दरवाज़े तक पहुँच गये।

# दो

जैसे ही डॉक्टर ने उस बेहोश शरीर को पलटा, सिस्टर आशा के पैरों तले ज़मीन खिसक गयी। उसका पूरा शरीर सुन्न पड़ गया, और मुँह से कोई शब्द नहीं निकल सका। दिल दहला देने वाला दृश्य उसकी आँखों के सामने था–कुछ ऐसा मंज़र जिसे उसने कभी सोचा भी नहीं था। डॉक्टर ने तुरन्त सवाल किया, "ये कौन है सिस्टर?"

सिस्टर आशा की नज़र उस चेहरे पर टिक गयी। आँखें पूरी तरह से खुली हुईं, बाल ख़ून और उल्टी से सने हुए थे, और नाक और मुँह से बहता ख़ून साफ़ नज़र आ रहा था। निचला होंठ काफ़ी सूजा हुआ था, जैसे किसी ने बुरी तरह से मारा हो। डॉक्टर ने नब्ज़ देखी-एक हल्की-सी धड़कन महसूस हुई। डॉक्टर ने जल्दी से उसके गले में बन्धी कुत्ते को बाँधने वाली ज़ंजीर को खोला, ताकि वह खुलकर साँस ले सके। वह ज़ंजीर उसकी साँसों को जैसे क़ैद कर रही थी।

आशा के मन में अब कोई सन्देह नहीं था। यह दामिनी ही थी। उसकी प्यारी सहकर्मी। लेकिन उसकी ज़ुबान तालू से चिपक गयी थी, वह कुछ कह नहीं पा रही थी। वक़्त की भयावहता उसे बोलने नहीं दे रही थी। डॉक्टर ने हालात समझते हुए सख़्त आवाज़ में कहा, "इसे तुरन्त इंटेंसिव केयर में ले जाना होगा। जल्दी करो!"

पवन और मदनलाल, जो उस पल तक एकदम हक्के-बक्के खड़े थे, फौरन हरकत में आये। वे स्ट्रेचर ले आये, और डॉक्टर ने आदेश दिया, "डॉक्टर्स की टीम को भी जल्दी से सूचित करो। हमें जल्द से जल्द कार्रवाई करनी होगी।"

सिस्टर आशा की आँखों से टप-टप आँसू बहने लगे, वह मन ही मन भगवान से प्रार्थना करने लगी, "हे भगवान, दामिनी को ठीक कर दो... उसे यचा लो।"

पवन और मदनलाल ने मिलकर उसे स्ट्रेचर पर रखा। आशा ने जल्दी से उसे कपड़े से ढका, ताकि उसकी हालत किसी और की नज़र में न आये और उसकी गरिमा बनी रहे। वह जानती थी कि दामिनी एक साहसी योद्धा की तरह थी, और वह हार मानने वाली भी नहीं थी।

स्ट्रेचर को ऊपर की ओर ले जाया गया, सिस्टर आशा अब भी भगवान से दामिनी की सलामती की दुआ कर रही थी, उसकी आँखों में आँसू थमने का नाम नहीं ले रहे थे।

सिस्टर आशा ने काँपते हाथों से ओपीडी का फ़ोन उठाया और ड्यूटी नर्स को निर्देश दिये, "किसी नर्स की हालत बहुत ख़राब है। जल्दी से इमरजेंसी में पहुँचो।" उसने फ़ोन रख दिया, लेकिन उसके हाथ अभी भी काँप रहे थे। दीवार का सहारा लेकर ख़ुद को सँभालने की कोशिश करते हुए, उसकी आँखों में आँसू उमड़ आये। शरीर का हर अंग मानो काँप रहा था, और दिमाग़ में सिर्फ़ एक ही ख़याल चल रहा था–"इस बच्ची के हँसने-खेलने के दिन थे... यह जो उसके साथ हुआ, बहुत गलत हुआ है।"

दामिनी उसके लिए सिर्फ़ एक साथी नर्स भर नहीं थी, वह उसकी करीबी दोस्त, उसकी दिन भर की हँसी-ठिठोली की साथी थी। दामिनी का स्वभाव, उसकी हर दिन की बातें, और बेफ़िक्र चुटकुले, अस्पताल के टेंशन भरे माहौल को हल्का कर देती थीं। आशा के थके हुए दिनों में दामिनी की मौजूदगी किसी राहत जैसी थी। लेकिन अब...अब वो सबकुछ पल भर में बदल गया था।

सिस्टर आशा अकेली खड़ी थी, आँसू उसके गालों से बहते जा रहे थे। वह चाहती थी कि एक बार दिल भर कर रो ले, काश वह उस दर्द को बहा सके जो उसके सीने में उमड़ रहा था। लेकिन उसे पता था कि यह समय उसका नहीं था। उसे सँभालना होगा, क्योंकि अभी वक़्त का यही इशारा है... पर आख़िर ये सब कैसे हुआ? क्या हुआ था दामिनी के साथ? क्या ये मामला

पुलिस केस बनेगा? दामिनी की हालत कैसी रहेगी? क्या वो होश में आने के बाद कुछ बोल पायेगी? ये तमाम सवाल आशा के मन में उमड़-घुमड़ रहे थे। वह बाहर से भले ही शान्त दिख रही थी, लेकिन भीतर उसका मन आशंकाओं से घिरा हुआ था। उसे अब दामिनी की देखभाल का भी ध्यान रखना था, और साथ ही इस पूरे घटनाक्रम की गम्भीरता को भी समझना था।

आँसू पोंछते हुए उसने ख़ुद को एक बार फिर हिम्मत दी, "सब ठीक हो जायेगा।" लेकिन जैसे ही उसकी धड़कन थोड़ी स्थिर हुई, उसकी आँखों के सामने फिर से वो भयानक दृश्य कौंध गया, दामिनी का बेजान शरीर, ख़ून से सने बाल, और वो सूजा हुआ चेहरा। एक सिसकी उसके अन्दर कहीं फिर से फूट पड़ी।

उसने दीवार पर सिर टिका दिया और मन ही मन प्रार्थना करने लगी, "हे भगवान, ये बहुत गलत हुआ है...इस बच्ची के साथ ऐसा कैसे हो सकता है? उसे बचा लो...उसे बचा लो।"

आशा ने गहरी साँस ली, आँसू पोंछे, और ख़ुद को सँभालने की एक आख़िरी कोशिश की। क्योंकि अब उसे दामिनी के लिए मज़बूत बनना था, चाहे उसके अन्दर कितना ही तूफान क्यों न चल रहा हो।

डॉक्टर और नर्स दामिनी को स्ट्रेचर पर ले जाते हुए दौड़ रहे थे। दामिनी की आँखें पूरी तरह खुली थीं, जैसे वह किसी आवाज़ को सुनने या किसी को ढूँढने की कोशिश कर रही हो। उसकी आँखों के किनारे आँसुओं से भरे थे, जो एक हल्की-सी चमक के साथ लुढ़कने को तैयार थे।

स्ट्रेचर इमरजेंसी वार्ड के दरवाज़े तक पहुँच चुका था। ड्यूटी नर्स तुरन्त दौड़कर आयी और सबसे पहले चेहरा साफ़ किया। उसकी आवाज़ काँपते हुए निकली, "ओह, दामिनी..." उसी पल सिस्टर आशा भी वहाँ पहुँच गयी थी, और जैसे ही उसने दामिनी का नाम सुना, अब यह शक नहीं था, वह दामिनी ही थी।

उसकी खुली आँखें देखकर नर्स बार-बार उससे सवाल करती, "दामिनी, कुछ कहना चाहती हो?" लेकिन दामिनी के होठों पर हल्की-सी कंपकंपी के सिवा कुछ नहीं था सिर्फ़ ख़ामोशी की एक गहरी खाई, जो हर आवाज़ को निगल रही थी।

पवन और मदनलाल, जो अब तक स्तब्ध खड़े थे, एक-दूसरे को देख कर चुपचाप वहाँ से निकलने का इशारा करने लगे। उनके क़दम भारी हो चुके थे, और आँखों में डर और हैरानी थी। घटना की भयानकता ने उनके शरीर में एक ठण्डा सन्नाटा भर दिया था। इमरजेंसी वार्ड में उनका काम अब पूरा हो चुका था। फिर भी सिस्टर आशा ने उन्हें रुकने का इशारा किया और गहरी आवाज़ में कहा, "देखो, जो कुछ भी हुआ है, उसे समझना है। इस घटना की गम्भीरता बहुत बड़ी है, लेकिन इसे अभी आग की तरह फैलाना ठीक नहीं है। हमें सँभाल कर चलना होगा।" उसकी आवाज़ में न सिर्फ़ ज़िम्मेदारी, बल्कि दर्द भी था।

पवन और मदनलाल ने सिर हिला दिया और फिर धीरे-धीरे वहाँ से निकल गये, उनके मन में यह विचार गूँज रहा था कि उन्होंने जो कुछ देखा, वह किसी और को नहीं बताना चाहिए, कम से कम अभी तो नहीं।

सिस्टर आशा की आँखों से आँसू फिर से बहने लगे, लेकिन उसने ख़ुद को सँभाला। उसे पता था कि अब उसकी भावनाओं के लिए जगह नहीं थी दामिनी को उसकी ज़रूरत थी, और उसे मज़बूत बनकर खड़ा रहना होगा।

पवन और मदनलाल दोनों सीढ़ियों पर बैठे उस भयानक घटना की चर्चा कर रहे थे। दोनों के चेहरे पर डर और बेचैनी साफ़ झलक रही थी। हालात ऐसे थे कि उनकी साँसें थमी-थमी-सी लग रही थीं, तभी अचानक एक तकनीशियन वहाँ आ जाता है। पवन की अधूरी बातें सुनकर तकनीशियन को जिज्ञासा होती  है और वह पवन पर पूरी सच्चाई बताने का दबाव डालने लगता है। थोड़ी झिझक के बाद पवन आख़िरकार सारी बात बताने लगता है, कैसे सुबह उसने बेसमेंट में वह डरावना दृश्य देखा था। पवन बोलते-बोलते अचानक रुकता है, उसकी नज़र मदनलाल पर पड़ती है, जो ख़ामोशी से उसके पीछे खड़ा था, उनकी बातें सुन रहा था और उसे चुप रहने का इशारा कर रहा था।

मदनलाल के चेहरे पर बेचैनी साफ़ झलक रही थी, और वो बिना कुछ कहे वहाँ से चला जाता है। तकनीशियन भी बात सुनकर परेशान हो जाता है। उसके चेहरे पर तनाव साफ़ दिखने लगता है।

जब हॉस्पिटल के डीन डॉ. देशमुख को अरुणा पर हमले की ख़बर मिली, तो उनके चेहरे पर एक ठण्डी चुप्पी थी। कुछ पल तक चुप रहने के बाद उनके दिमाग़ में सबसे पहले वही बात आयी जो कुछ दिन पहले हुई थी। दामिनी आयी थी उनके पास, सीधी, साफ़ आवाज़ में कहा था कि एक सफ़ाईकर्मी मरीज़ों के खाने से चोरी करता है। उसका यह सक्रिय स्वभाव, उसकी ईमानदारी, और नियमों की पक्की सोच, ये सब बातें डॉ. देशमुख ने सुन कर अनसुना कर दिया था क्योंकि उन्हें लगा कि आटे में नमक सब जगह चलता है और किसी ने खाना ही तो खाया है, तो उसकी बात को इतना गम्भीरता से नहीं लिया। उसे कह दिया कि वो देख लेंगे, और आज...वही नर्स हॉस्पिटल के बेसमेंट में पड़ी थी। बेहोश। घायल। दम तोड़ती हुई।

उन्होंने तुरन्त हॉस्पिटल के सिक्योरिटी ऑफ़िसर को बुलाया, आवाज़ गम्भीर बनाए रखते हुए कहा, "एक रिपोर्ट तैयार करो। लिखो कि नर्स पर हमला हुआ, शायद लूटपाट की कोशिश रही हो। कोई जेवर या पैसा चुराने की नीयत से।" उन्होंने शब्दों को इस तरह चुना कि मामला अपनी गम्भीरता खो दे, और शक की दिशा बदल जाये।

थोड़ी देर बाद उन्होंने डॉक्टर को फ़ोन किया, "डॉ., ये चोटें...क्या सिर्फ़ बाहर से हैं या कोई गहरा नुक़सान?" सवाल था सीधा, लेकिन उसकी तह में एक कोशिश थी मामले को जितना हल्का दिखाया जा सके, उतना कर दिया जाये।

डीन समझ चुके थे कि अगर बात फैल गयी, तो हॉस्पिटल की छवि को नुक़सान होगा। नर्सों में डर फैलेगा। मीडिया को भनक लगी तो तरह-तरह के अनेक सवाल उठेंगे और सबसे अहम दामिनी की पुरानी शिकायत को कोई जोड़ बैठा इस घटना से तो? उन पर भी सवालिया निशान आ जायेंगे।

उन्होंने किसी से कुछ नहीं कहा, न कोई राय ली, न कोई बहस की। सिर्फ़ एक शान्त, योजनाबद्ध चुप्पी साधे रखी। अब उन्हें तय करना था कि आगे क्या करना है। और शायद...क्या छुपाना है।

लेकिन उन्हें नहीं पता था जिस सच्चाई को वे दबाना चाहते थे, वो अब धीरे-धीरे बाहर आने लगेगी और अब से बात बहुत उलझने वाली थी...।

कुछ देर ठहर कर डीन ने फिर से डॉक्टर को कॉल किया। "डॉ., क्या ये चोट सिर्फ़ बाहरी है या कोई और गहरा नुक़सान हुआ है दामिनी को?" उन्होंने चिन्ता से पूछा। डॉक्टर कुछ पल रुककर बोले, "चोट गम्भीर है, और हमें इसका सही अन्दाज़ा तभी हो पायेगा जब हम आगे की जाँच करेंगे।"

डॉक्टर ने डीन को तुरन्त अस्पताल आने के लिए कहा, लेकिन डीन इस उलझनभरी स्थिति का सामना करने से कतरा रहे थे। भीतर ही भीतर वह असमंजस में थे एक तरफ़ ज़िम्मेदारी का बोझ, दूसरी ओर स्थिति की गम्भीरता। लेकिन जाना तो अन्ततः उन्हें ही था। लिहाज़ा, भारी मन से वह अस्पताल पहुँचे। वहाँ डॉक्टर से आमने-सामने बैठकर गम्भीर बातचीत हुई। दोनों की आँखों में सवाल भी थे और जवाब तलाशने की बेचैनी भी।

डीन और डॉक्टर इस मामले पर बड़ी गम्भीरता से विचार करने लगे। ऐसी घटनाओं का होना हॉस्पिटल के लिए बहुत ख़राब संकेत था। डॉक्टर ने गहरी साँस लेते हुए कहा, "ऐसी घटनाओं को छुपाना भी मुश्किल है। चोट इतनी गम्भीर है कि कोई भी इसे अनदेखा नहीं कर सकता। और फिर, बाक़ी नर्सों का क्या होगा? वे सब किस तरह रिएक्ट करेंगी, इसका हमें कोई अन्दाज़ा नहीं। हमें पुलिस को सूचित करना ही होगा।"

डीन ने सहमति में सिर हिलाया। "सही कह रहे हो। हमें मामले की गम्भीरता को ध्यान में रखते हुए तुरन्त पुलिस को इस बारे में बताना चाहिए।" फ़ैसला हो चुका था घटना की सूचना अब पुलिस को दी जानी थी, और पूरे हॉस्पिटल में एक अनकहा-सा डर फैलने वाला था।

डीन डॉ. देशमुख ने सिक्योरिटी ऑफ़िसर को तुरन्त बुलाया और सख़्त लहजे में निर्देश दिये, "पुलिस को फ़ौरन सूचित किया जाये। रिपोर्ट में यह दर्ज़ कराओ कि एक नर्स पर हमला हुआ है।"

लेकिन डीन की सोच किसी और दिशा में जा रही थी उनके मन में दामिनी की सेहत या उसकी चोटों की उतनी चिन्ता नहीं थी, जितनी इस बात की कि कहीं अस्पताल की बाक़ी नर्सें और कर्मचारी सवाल न उठाने लगें। यह एक अलग ही किस्म की चिन्ता थी, जो उनकी आँखों में साफ़ पढ़ी जा सकती थी, प्रबन्धन की प्रतिष्ठा की, न कि मानवता की।

डीन देशमुख ने सिक्योरिटी ऑफ़िसर को अपनी आवाज़ में छिपी हुई चतुराई के साथ निर्देश दिया, "पुलिस को तुरन्त सूचित किया जाये, लेकिन रिपोर्ट में ऐसा कुछ लिखा जाये कि यह हमला लूटपाट का लगे, शायद पैसों या जेवरों के लिए।" उनके शब्दों में चिन्ता का कोई भाव नहीं था, बल्कि मामला दबाने की चालाकी थी। वह जानते थे कि अगर इस घटना को सही ढंग से रिपोर्ट किया गया, तो यह **हॉस्पिटल** की छवि को नुक़सान पहुँचा सकता था। उन्होंने साफ़-साफ़ कहा, "रिपोर्ट में बस यही लिखवाना कि हमला लूट के इरादे से हुआ था। कोई और पहलू नहीं छेड़ा जाये।" उनका उद्देश्य सिर्फ़ मामले को हल्का करना था और हर किसी को यह विश्वास दिलाना कि सब कुछ सामान्य है।

डीन का इशारा पाते ही सिक्योरिटी ऑफ़िसर तुरन्त हरकत में आ गया। उसने दिखावे के तौर पर निर्देश दिये कि दामिनी की सभी चोटों की एक लिस्ट तैयार की जाये और प्राथमिक उपचार भी तुरन्त करवाया जाये। उनका रवैया ऐसा था मानो वह बेहद चिन्तित हो, लेकिन साफ़ झलक रहा था कि यह सब केवल औपचारिकता निभाने और स्थिति को नियन्त्रण में दिखाने के लिए किया जा रहा है ताकि अगर पुलिस या मीडिया कोई सवाल करे, तो अस्पताल के पास इसका उचित जवाब तैयार हो।

दामिनी की सभी बाहरी चोटों की एक लिस्ट तैयार की गयी, गर्दन पर गहरे, कसकर लगे हुए ज़ंजीर के निशान, चेहरे और हाथों पर खरोंचें और नील पड़े हुए निशान, घुटनों पर जख़्मों के निशान और चेहरे पर बुरी तरह से सूजा हुआ निचला होंठ, जैसे किसी ने उसे घसीटते हुए मारा हो। उसके बाल ख़ून से सने हुए थे, और चेहरे पर एक ख़ून से सना आँसू भी नज़र आ रहा था। चोटें इतनी गम्भीर थीं कि ये किसी भी व्यक्ति के लिए नज़रअन्दाज़ करना असम्भव था।

हर चोट उसकी पीड़ा की गवाही दे रही थी, लेकिन एक ऐसी चोट भी थी जिसका कोई जिक्र नहीं कर पा रहा था वह चोट, जो उसकी आत्मा पर लगी थी। वह दर्द, जिसे किसी ने देखा नहीं, लेकिन दामिनी ने उसे बिना कहे सहा था। भले ही शारीरिक चोटें गम्भीर थीं, लेकिन आत्मा पर लगा घाव जिसकी पीड़ा वह अकेली सह रही थी, और जिसे वह किसी से कह भी नहीं पा रही थी।

पुलिस को न बुलाना अब ज़्यादा देर तक टाला नहीं जा सकता था, क्योंकि यह घटना आग की तरह पूरे अस्पताल में फैलने लगी थी। इसकी भनक लगते ही अस्पताल का माहौल असामान्य हो गया था कामकाज प्रभावित होने लगा था, और हर वार्ड, हर कॉरिडोर में बस इसी घटना की चर्चा हो रही थी।

स्टाफ के सभी सदस्य बेचैन और चिन्तित नज़र आ रहे थे। एक अलग ही तरह का डर और सन्नाटा पूरे अस्पताल में पसरता जा रहा था जैसे कोई अदृश्य बोझ सबके सिर पर आ चुका हो। अस्पताल की आम दिनचर्या अब अस्त-व्यस्त होने लगी थी, और हालात को सँभालना मुश्किल होता जा रहा था।

इसी बीच, सिस्टर आशा ने सिक्योरिटी ऑफ़िसर को बताया कि दामिनी के कुछ सामान की चोरी भी हुई थी। "उसकी घड़ी, सोने की चेन और उसका पेंडेंट, जिसकी कीमत लगभग 500 रुपये होगी, गायब हैं।" सिस्टर की आवाज़ में दुख और ग़ुस्से का मिश्रण था। "लगता है, हमला करने वाला उसकी क़ीमती चीज़ें भी चुराने के इरादे से आया था।"

आशा इस बात से पूरी तरह अनजान थी कि उसकी कही हुई एक साधारण सी बात ही इस पूरे मामले की नींव बन जायेगी। वह तो सिर्फ़ अपनी चिन्ता और अनुभव साझा कर रही थी, लेकिन अब उसी बात को केस की बुनियाद मान लिया गया था।

इस केस की तह में क्या निकलेगा, इसका अन्दाज़ा किसी को नहीं था। सच्चाई कहाँ छुपी है, कौन दोषी है, और किन पर उँगलियाँ उठेंगी इन सबका रहस्य धीरे-धीरे गहराता जा रहा था। माहौल में अनिश्चितता और बेचैनी लगातार बढ़ रही थी।

गायनोकॉलोजिस्ट की रिपोर्ट आयी, और इसके कुछ हिस्से चौंकाने वाले थे:

"Hymen intact, admits two fingers easily, No vaginal tear."

रिपोर्ट ने यह तो कहा कि दामिनी का यौनांग सम्पर्क में आया था, लेकिन कोई गम्भीर आन्तरिक क्षति नहीं थी। मगर क्या कुछ और हुआ था? रिपोर्ट में गहरे ज़ंजीर के निशान थे, और कुछ ऐसी चोटें थीं जो किसी अत्याचार की ओर इशारा कर रही थीं।

लेकिन सबसे बड़ा सवाल यह था: क्या डॉग चेन को दामिनी को मारने के लिए इस्तेमाल किया गया था? और क्या वो किसी और अत्याचार का हिस्सा था, जो इस रिपोर्ट में नहीं आया?

अभी के लिए, सवाल बाक़ी हैं। क्या सच्चाई कुछ और थी?

ऐसा लग रहा था जैसे इस हमले के पीछे न केवल लूट की मंशा थी, बल्कि दामिनी की ज़िन्दगी को किसी ने बर्बाद करने का पूरा इन्तज़ाम किया था।

इंटेंसिव केयर यूनिट में, हर डॉक्टर और नर्स अपनी पूरी मेहनत से दामिनी की टूटती हुई साँसों को जोड़ने की कोशिश कर रहे थे। उनके चेहरे पर एक चमक थी, मानो वे किसी चमत्कार की उम्मीद कर रहे हों। लेकिन दामिनी के लिए यह सब एक भयानक सपना बन गया था। वह न तो किसी को पहचान पा रही थी और न ही कुछ बोल पा रही थी।

डॉ. ने ध्यानपूर्वक दामिनी का चेकअप किया। उन्होंने उसके हाथ-पैर उठाए और उसे छूकर देखा। उनकी आँखों में चिन्ता थी। उन्होंने अन्दाज़ा लगाया कि मस्तिष्क और शरीर को जोड़ने वाला तन्त्र गम्भीर रूप से डैमेज हुआ है। फाइल में उन्होंने लिखा: "Patient is semi-conscious."

"Impression: Brain stem contusion injury with associated cervical cord injury."

सिक्योरिटी ऑफ़िसर ने पुलिस स्टेशन में फ़ोन लगाया। फ़ोन पर सब इंस्पेक्टर शाह की आवाज आयी, जिन्होंने हाल ही में ज्वाइन किया था। उनकी आवाज़ में आत्मविश्वास था, "क्या घायल बयान देने की स्थिति में है? चोटें कहाँ-कहाँ लगी हैं?" यह घटना कैसे हुई? कितने बजे हुई थी?" इन तीखे सवालों से सिक्योरिटी ऑफ़िसर थोड़े असहज हो उठे। एक तो डीन के इशारों का दबाव पहले से था, ऊपर से यह मामला काफ़ी गम्भीर होता जा रहा था। ऐसे में थोड़ी घबराहट स्वाभाविक थी, लेकिन उन्होंने ख़ुद को संयमित रखा।

शाह, युवा और ईमानदार पुलिस अधिकारी थे। उनका ध्यान सिर्फ़ अपराध तक नहीं था, बल्कि वह सच की गहराई में जाने को उत्सुक रहते थे। उनके चेहरे पर गम्भीरता थी, और इसने उन्हें दूसरों से अलग कर रखा था।

सिक्योरिटी ऑफ़िसर ने शाह की सूझबूझ की मन ही मन सराहना की और सोचा कि शायद वह इस जटिल मामले को सही दिशा में ले जायेंगे।

लेकिन, क्या शाह इस मामले की गहराई तक पहुँच पायेंगे, यह तो आनेवाले समय ही जानता था।

सिक्योरिटी ऑफ़िसर ने संक्षेप में जवाब देते हुए कहा, "सर, आप कृपया तुरन्त यहाँ आ जायें। सभी मेडिकल रिपोर्ट्स तैयार हैं। अगर आपको किसी अतिरिक्त जानकारी की ज़रूरत हो, तो हम उसकी भी व्यवस्था करवा देंगे।"

उनकी आवाज़ में औपचारिकता थी, लेकिन भीतर ही भीतर वह स्थिति की पेचीदगी को भलीभाँति समझ रहे थे।

"किसी को भी घटना स्थल पर जाने मत दीजिए," सिक्योरिटी ऑफ़िसर ने पवन और मदनलाल को आदेश दिया। "पुलिस जल्द ही वहाँ पहुँच रही है।"

पुलिस इंस्पेक्टर कुछ कांस्टेबलों के साथ अस्पताल की ओर आये। उनके चेहरे पर गम्भीरता थी, जैसे वे एक गहरी और चिन्ताजनक समस्या का सामना करने जा रहे हों। अस्पताल पहुँचते ही, उन्होंने सीधे इंटेंसिव केयर यूनिट का रुख किया। वहाँ का माहौल थोड़ा अधिक तनावपूर्ण था, हर कोई दामिनी की सलामती की कामना कर रहा था, सबके मुँह पर ताले पड़े हुए थे एक चुप्पी, जो सिर्फ़ उसकी पीड़ा को बयां कर रही थी।

इस घटना ने सभी को प्रभावित किया था, और अब सवाल सिर्फ़ दामिनी की सेहत का नहीं, बल्कि उस भयावह घटना का भी था जिसने एक जीवन को इस तरह बर्बाद कर दिया था। सभी ने एक-दूसरे की आँखों में चिन्ता देखी, और एक अदृश्य भय अस्पताल की दीवारों में गूँज रहा था। क्या दामिनी इस सब से उबर पायेगी? क्या न्याय मिलेगा?

पुलिस इंस्पेक्टर ने सबके चेहरे देखे और अपनी टीम को निर्देश दिये। "हम इस मामले को जल्दी सुलझाना होगा। हमें सबूत इकट्ठा करने हैं और घायल नर्स की स्थिति का बारीकी से ध्यान रखना होगा।" जैसे ही उसको होश आता है हमें सूचना दी जाये, और फिर घटना स्थल को देखने के लिए चल दिये। डॉ. ने समय की गम्भीरता को ध्यान में रखते हुए कुछ कहा नहीं,

जहाँ तक मेडिकल साइंस का ज्ञान डॉ को इशारा कर रहा था वो कोमा में चली गयी थी।

दामिनी की हालत को लेकर सब प्रार्थना कर रहे थे, लेकिन अगर उस वक़्त ख़ुद की हालत दामिनी बन कर समझे तो वह ख़ुद को किसी अँधेरी गुफा में महसूस कर रही थी, जहाँ केवल दर्द और भय था। क्या वह इस संघर्ष में विजयी हो पायेगी, या उसके साथ हुए अत्याचार की कहानी कभी सबके सामने खुलकर आ पायेगी? क्या वो अपना दर्द किसी को कह पायेगी?

हॉस्पिटल में एक अजीब-सा सन्नाटा छाया हुआ था। चारों ओर केवल धीमी फुसफुसाहट सुनाई दे रही थी। आशा एक कोने में बैठी थी, उसकी आँखों में डर और चिन्ता की परछाईं थी। दामिनी, जो हमेशा उसके साथ हँसती-खिलखिलाती थी, आज एक ख़ामोशी में खो गयी थी। उसे याद आ रहा था कि कैसे दामिनी उसे अपने सुख-दुख बताती थी, अपनी छोटी-छोटी ख़ुशियों को साझा करती थी।

दामिनी की बातें उसकी कानों में गूँज रही थीं। "आशा दीदी, मैं एक दिन एक सफल नर्स बनूँगी। मेरा सपना है कि मैं अपनी मेहनत से उन लोगों की मदद करूँ, जो बीमार हैं और जिनके पास इलाज के साधन नहीं है।" दामिनी की आँखों में सपना देखने की ललक थी।

आशा को याद आ रहा था कि कैसे दामिनी अपने गाँव से निकलकर इस बड़े महानगर में आयी थी। वह एक साधारण-सी लड़की नहीं थी; बल्कि वह अपने सपनों की उड़ान भरने के लिए अपने पंख ख़ुद मज़बूत बनाने का हौसला रखती थी। उसने अपने गाँव की कच्ची पगडंडियों को छोड़, इस चकाचौंध भरे शहर में क़दम रखा था। उसकी आँखों में एक उम्मीद थी, मन में दृढ़ संकल्प था और दिल में कई अरमान पल रहे थे। उसकी बतायी हुई बातें दिल और दिमाग़ में घूमने लगी।

दामिनी की यात्रा एक छोटे से गाँव से शुरू हुई, परिवार बहुत सम्पन्न नहीं था, लेकिन माता पिता ने बच्चों को बढ़ने से नहीं रोका, दामिनी की माँ, जो एक मेहनतकश महिला थीं, हमेशा परिवार की ज़रूरतों को पूरा करने के लिए काम करती थीं और पिता भी छोटी-मोटी नौकरी करते थे, लेकिन वित्तीय

समस्याएँ हमेशा उनके ऊपर हावी रहती थीं। दामिनी ये जानती थी कि उसे जल्द ही अपने पैरों पर खड़ा होना है पैसा कमा कर अपने माता पिता की मदद करनी है। लेकिन वक़्त ने पिता का साया जल्द ही सर से उठा लिया था और माँ की मेहनत बच्चों को जितना सहारा दे सकती थी उतना दिया। उस समय, 60 के दशक में जब ग्रामीण क्षेत्रों में लड़कियों की शिक्षा को महत्त्व नहीं दिया जाता था, दामिनी ने अपनी पढ़ाई जारी रखी और उसने बड़े सपने देखे, ताकि वह अपनी दुनिया को बदलने के लिए कुछ विशेष ऐसा कर सके जिससे उसका परिवार और समाज उसके ऊपर गर्व कर सकें।

दामिनी का दिल हमेशा उस लक्ष्मण रेखा को पार करने की चाहत से भरा था, जो समाज ने उसकी राह में खींची थी। वह जानती थी कि उसे अपने गाँव की तंग गलियों, पहाड़ियों और खेतों को पीछे छोड़ना होगा, उसके मन में मुम्बई जाकर नर्स बनने का सपना मचल रहा था।

जब एक दिन उसकी माँ ने उसे चावल पीसने के लिए कहा, तो दामिनी ने दृढ़ता से कहा, "माँ, मैं आप लोगों की तरह यूँ चावल पीसते हुए जीवन नहीं जीना चाहती। मैं कुछ बड़ा करना चाहती हूँ।" उस पल उसकी आँखों में एक चमक थी, जैसे वह अपने सपनों की दुनिया में उड़ान भरने के लिए तैयार हो रही हो।

दामिनी की ताकत और दृढ़ता का कारण यही था, कि उसने अपने परिवार के लिए कुछ बड़ा करने की ठानी थी। वह केवल अपनी ज़िन्दगी नहीं बदलना चाहती थी, बल्कि अपनी माँ को एक बेहतर जीवन देना चाहती थी। यह वो दृढ़ संकल्प था जिसने दामिनी को अपने सपनों का पीछा करने के लिए प्रेरित किया।

दामिनी ने अपना सामान एक सूटकेस में समेटा और उस बस यात्रा पर निकल पड़ी, जिसमें उसकी आँखों में उम्मीद थी, और दिल में मुम्बई जाकर नर्स बनने का एक सपना था। यही रास्ता उसे अपने परिवार का भविष्य बेहतर बनाने का एकमात्र तरीका लगता था।

जब वह मुम्बई पहुँची, तो उसे वहाँ की चकाचौंध और भीड़ में एक नया जीवन मिला। शहर की भाग-दौड़ में उसने एक नर्सिंग कॉलेज में दाखिला लिया। वह अपने साथ गाँव की उम्मीदें और संघर्ष की कहानियाँ भी लाई थीं।

वह दिन-रात मेहनत करती, छोटे बच्चों को ट्यूशन पढ़ाती, अपने खर्चे स्वयं उठाती, और नर्सिंग की पढ़ाई कर अपनी सीमाओं को तोड़ने की कोशिश करती। हर दिन उसे अपनी माँ की आवाज़ याद आती, "बेटी, तुम जो चाहोगी, वो कर सकोगी।" और वह उन शब्दों को अपने हौसले का एक मन्त्र मानकर आगे बढ़ती जाती। उसकी बहन तो उससे बड़ी थी, लेकिन भाई छोटा था। वो उसकी पढ़ाई की फ़िक्र भी करती थी, उसकी इच्छा थी वो भी पढ़ लिख कर कोई अच्छी सी नौकरी करे।

दामिनी की मेहनत रंग लाई। उसने नर्सिंग की पढ़ाई पूरी की और एक प्रतिष्ठित अस्पताल में काम करने लगी। लेकिन उसकी ख़ुशी सिर्फ़ अपने लिए नहीं थी; वह सोचती थी कि उसे अपने गाँव की लड़कियों के लिए भी एक उदाहरण बनना है। अब वह एक सफल नर्स थी दामिनी अक्सर कहती थी, "आशा दीदी , मैं जब मैं सफल बन जाऊँगी, तो मैं अपने गाँव के बच्चों के लिए एक अस्पताल खोलने के लिए कोशिश करुँगी। मैं चाहती हूँ कि कोई भी बच्चा बीमारी के कारण न मरे, और सभी को उसका उचित इलाज़ मिले।" उसकी बातें सुनकर आशा की आँखों में आँसू आ जाते थे, लेकिन वह हमेशा मुस्कुराती रहती थी।

आज, उसकी उन बातों को याद करते हुए जब आशा ने दामिनी को इस लहुलुहान हालत में देखा, तो उसके दिल में एक गहरा आघात हुआ। "क्या ये सब उसके सपनों के लिए एक सजा है?" उसकी हँसी, उसकी हिम्मत हौसला ये सब सब धुँधला रहे थे? क्या वह इस दुनिया के लिए बस एक दर्दनाक कहानी बनकर रह जायेगी?

आशा ने अपने मन को समझाया, "नहीं, ऐसा नहीं हो सकता। दामिनी ने जो सपने देखे हैं, उन्हें पूरा करने का मौका मिलेगा उसे। अगर वह इस लड़ाई को जीत जाए, तो उसके सभी सपने पूरे होंगे जो उसने कभी देखे थे।"

उसने अपनी आँखें बन्द कीं और प्रार्थना की कि दामिनी जल्दी से स्वस्थ होकर अपनी ड्यूटी पर लौट आये। वह उसे अपने ख़्वाबों की ओर फिर से बढ़ते हुए देखना चाहती थी, उन सभी चीज़ों के लिए संघर्ष करते हुए, जो उसने हमेशा चाहा था।

अचानक, कुछ हलचल ने उसकी सोच को तोड़ा। डॉक्टर दामिनी के कमरे में आ-जा रहे थे और आशा के मन में एक नयी उम्मीद जगने लगी थी। उसने मन ही मन सोचा। "दामिनी, तुम्हारे सपने ज़रूर पूरे होंगे तुम अपना नाम ज़रूर रोशन करोगी।"

आशा ने गहरी साँस ली और अपने आँसुओं को पोंछते हुए ख़ुद को सँभालने की कोशिश की। वह जानती थी कि दामिनी के जीवन की एक नयी कहानी अब शुरू होने जा रही थी, और वह हर क़दम पर उसके साथ खड़ी रहना चाहती थी।

आवाज़ें कुछ तेज़ हो गयी। कमरे में सभी नर्सें एक साथ आ गयी थी सभी चिन्तित और परेशान थीं। सभी ने आशा पर सवालों की बौछार कर दी।

"बताओ, हुआ क्या है दामिनी के साथ? क्या उसका बलात्कार हुआ है?" एक नर्स ने चिल्लाकर पूछा, उसकी आवाज़ में थोड़ा खौफ़ था।

"इसे हमसे छुपाया क्यों जा रहा है?" दूसरी नर्स ने प्रतिवाद किया, उसकी आँखों में गुस्सा झलक रहा था।

"किसने किया है ये सब? ये तो कोई हॉस्पिटल का ही कोई स्टॉफ होगा जो रात-दिन यहाँ काम करता है। नहीं तो कोई बाहरी व्यक्ति को बेसमेंट की जानकारी नहीं होती," तीसरी नर्स ने आशंका जतायी।

सभी हैरान और परेशान थे। कभी वे सिक्योरिटी की कमी को कोस रहे थे, कभी उन कमज़ोर ट्यूब लाइट्स को, जो हमेशा कम रोशनी देती थीं।

"हमने कितनी बार कहा है, कॉरिडोर में तेज़ लाइट लगाने को! कोई हमारी सुनता ही नहीं," एक नर्स ने अस्पताल प्रशासन के ख़िलाफ़ अपना आक्रोश व्यक्त किया।

"उस वक़्त सिक्योरिटी गार्ड क्या कर रहा था? क्या उसे कुछ आवाज़ सुनाई नहीं दी?" एक अन्य नर्स ने तीखे शब्दों में पूछा।

"सामान भी चोरी हुआ है? डीन हमसे कुछ छुपा रहे हैं? और सही एक्शन भी नहीं ले रहे हैं!" एक और नर्स ने चिन्तित स्वर में कहा। "हम सभी एकजुट होकर हड़ताल कर सकते हैं। हमने कई दिनों से सुरक्षा व्यवस्था के लिए कहा है, लेकिन कोई सुन नहीं रहा है। लेकिन क्या हमारी हड़ताल सही रोशनी व्यवस्था कर पायेगी? सही तरीक़े से काम करना ये सिक्योरिटी कभी

सीखेगी भी या नहीं?" दूसरी नर्स ने ग़ुस्से और निराशा से कहा। "इतनी बड़ी घटना हो गयी, और सुबह तक किसी को कुछ पता भी नहीं चला ये कैसी सुरक्षा व्यवस्था है?"

उसके स्वर में वर्षों की शिकायतें झलक रही थीं। "हमने कितनी बार बताया है कि रात की ड्यूटी में गार्ड सो जाता है, लेकिन किसी ने इस पर कभी ध्यान ही नहीं दिया। अब जब कुछ अनहोनी हो गयी है, तब सबको होश आया है।"

और अब...डीन को जिस बात का डर था, वो सब कुछ धीरे-धीरे सच होता जा रहा था स्टाफ़ खुलकर बोलने लगा था, असन्तोष उभरकर सामने आने लगा था, और अस्पताल की साख पर संकट के बादल मंडराने लगे थे।

तभी एक और आवाज़ आयी, फिर से वो सवाल दोहराया गया "क्या सच में उसका बलात्कार हुआ है?"

इस पर आशा को ग़ुस्सा आ गया, "कैसी बातें कर रही हो तुम लोग? डीन क्या बुरा चाहते हैं उसका? और तुम लोगों को भी ऐसे नहीं बोलना चाहिए! उसकी शादी होने वाली है।"

सवाल तो आशा के दिमाग़ में भी सवाल उठने लगे थे। क्या डॉ. संदीप को ख़बर की किसी ने? डॉ. संदीप जिससे दामिनी की शादी होने वाली थी, कहीं ऐसा तो नहीं कि उसी ने इस घटना को अंजाम दिया हो? वो अब उससे शादी नहीं करना चाहता होगा? वो इसी हॉस्पिटल का डॉक्टर है, कहीं उसने तो अपना मन नहीं बदल दिया कि डॉक्टर होते हुए वो एक नर्स से कैसे शादी करेगा?

तभी एक नर्स की आवाज़ ने सिस्टर आशा का ध्यान भंग किया, "किसी ने दामिनी के परिवार को इस घटना के बारे में ख़बर की?"

"हाँ, कोई गया है उसकी बहन को ख़बर करने," एक नर्स ने बताया।

आशा चिन्तित लग रही थी, उसकी आँखों में डर झलक रहा था। "क्या होगा उस बच्ची के साथ? हे भगवान!" उसने मन में सोचा, उसकी आँखों के समाने हर बार दामिनी का हँसता मुस्कुराता हुआ चेहरा आ रहा था।

कमरे का माहौल बेहद भारी था, जैसे अँधेरे में छिपी सच्चाइयों का सामना करने के लिए सभी तैयार थे, लेकिन कोई भी जवाब नहीं था। एकजुटता की

भावना ने सभी को घेर रखा था, पर अब सवाल था कि क्या यह एकजुटता उन्हें सुरक्षित रख पायेगी? सभी नर्सों को समझा बुझा कर आशा ने काम पर भेज दिया था। उसके दिमाग़ में फिर डॉ संदीप का चेहरा घूम गया, वो फिर से विचारों की गहराई में डूब गयी। इतने घण्टे बीत चुके थे, फिर भी डॉ. संदीप अब तक नहीं पहुँचे, यह बात आशा को भीतर ही भीतर खटक रही थी।

उसके मन में एक अनजाना-सा सवाल बार-बार सिर उठा रहा था, जिसकी सच्चाई से वह पूरी तरह अनजान थी। कुछ तो था जो उसे असामान्य लग रहा था, लेकिन क्या...इसका जवाब अब तक धुँध में छुपा था। आशा की बेचैनी हर पल बढ़ती जा रही थी, पर वह अभी तक अपने सन्देह को किसी के सामने खुलकर व्यक्त नहीं कर पा रही थी।

दामिनी का परिवार बहुत साधारण था। एक विधवा माँ जो गाँव में थी। भाई अभी संघर्ष ही कर रहा था। एक बड़ी बहन थी, जो मुम्बई की एक चॉल में रहती थी। उसकी एक छोटी-सी बेटी भी थी, जिसे दामिनी बहुत प्यार करती थी। अक्सर वो आशा से अपने घर की बातें किया करती थी बहन की परेशानियाँ, बच्ची की पढ़ाई, और अपने छोटे-छोटे सपनों की ढेर सारी बातें। उनकी बातचीत में दामिनी की आँखों में जो स्नेह और ज़िम्मेदारी झलकती थी, उसे याद कर आशा का दिल भर आया। अब उसकी चिन्ता सिर्फ़ दामिनी की हालत की नहीं थी, बल्कि उस परिवार के लिए भी थी। इस ख़बर के बाद उस परिवार की क्या प्रतिक्रिया होगी ये सोचकर आशा का मन और भी भारी हो गया। अक्सर देखा गया है कि पैसों की ज़रूरत इन्सान को रिश्तों से दूर कर देती है। दामिनी की बड़ी बहन भी बेहद ग़रीब थी, जो ख़ुद ही जीवन की कई ज़िम्मेदारियों से जूझ रही थी। वो शायद इतनी सक्षम नहीं थी कि इस गम्भीर स्थिति में कोई ज़िम्मेदारी उठा सके। भाई की मदद तो वो ख़ुद ही करती रहती थी, कभी पैसे दे कर कभी अपने पास बुलाकर।

आशा के मन में कई तरह की शंकाएँ जन्म लेने लगी थीं। क्या दामिनी को उसका परिवार सँभाल पायेगा? क्या डॉ संदीप अब भी दामिनी से शादी करेंगे? क्या उनके रिश्ते के बचने की कोई उम्मीद बचेगी? क्या वो अकेली पड़ जायेगी? इन अनकहे सवालों के जवाब कहीं भी स्पष्ट नहीं थे, लेकिन एक बात तो तय थी कि दामिनी की ज़िन्दगी अब पहले जैसी नहीं रह पायेगी।

# तीन

पढ़ाई पूरी करने के बाद, दामिनी ने मुम्बई के एक बड़े हॉस्पिटल में नौकरी शुरू की थी। दामिनी हर दिन बड़ी ईमानदारी से अपनी ड्यूटी निभाती थी। सुबह जब वह आईने में अपने चेहरे को देखती, तो उसकी आँखों में एक विश्वास भरी चमक होती थी, जो उसके सफलता की पहली सीढ़ी चढ़ने का एहसास कराती थी। अपने हौसले को मज़बूत करते हुए, वह हर दिन नयी उमंगों के साथ सेवा कार्य में लग जाती थी।

हालाँकि, कभी-कभी उसे अकेलापन भी महसूस होता, परिवार की याद आती। पर वह ख़ुद को समझाती कि यह सब उसके सपनों के लिए ज़रूरी है। दामिनी ने दो ज़िन्दगियों को जोड़ रखा था। मुम्बई के अस्पताल की गूँजती धड़कनें और कर्नाटक के एक छोटे से गाँव का घर, जहाँ उसकी विधवा माँ और उसका चौदह साल का भाई नवीन सपनों को साकार करने की कोशिश कर रहा था।

दामिनी बेहद सुन्दर तो नहीं थी, पर उसमें एक अलग ही आकर्षण था। वह भरोसेमन्द थी, सहज थी, और अपनेपन से भरी हुई थी। ज़िद्दी मरीज़ को भी वह हँसते-हँसते दवा पिला देती, किसी बच्चे की रुलाई को कन्नड़ की लोरी से थमा देती, और यह भी याद रखती कि कौन-से दादा को चाय में चीनी चाहिए, भले ही डॉक्टरों ने उन्हें मना किया हो। यही छोटी-छोटी बातें किसी भी इन्सान को ख़ास बना देती हैं। दामिनी की असली ख़ूबसूरती उसके चेहरे में नहीं, उसकी आत्मा में बसी थी। डॉ. संदीप जब उसे देखते थे, तो यही ख़ूबसूरती उनकी नज़रों में उतर गयी थी वह सोचने लगे "इस लड़की में कुछ अलग बात अवश्य है। यह अपने काम को सिर्फ़ नौकरी की तरह नहीं

करती, बल्कि उसकी पूजा करती है। हर इन्सान से जुड़ जाती है। मानो हर रोगी उसका अपना हो।" डॉ संदीप के भीतर दामिनी के लिए एक आकर्षण जागने लगा। वह ख़ुद भी समझ नहीं पा रहे थे कि यह उसकी सादगी थी, उसकी आत्मा की चमक, जिसने उन्हें अपनी ओर खींचना शुरू कर दिया था।

डॉ. संदीप, उसकी मेहनत और समर्पण से बेहद प्रभावित हुए।

एक बार जब दामिनी ने एक ग़ुस्साए परिजन को बड़ी सहजता से चुप करा दिया और उसे चाय की प्याली थमा दी। संदीप मुस्कुराए और मज़ाक में बोले "तुम्हें प्रशासन विभाग में होना चाहिए। तुम तो बिलिंग वालों को भी दयालु बना दोगी।" वह हँस पड़ी, और उसी हँसी में कुछ अनजाना आकर्षण छिपा था।

उस दिन बहुत बारिश थी दामिनी कही बाहर से भीगती हुई आ रही थी और डॉ. वहीं पोर्च में खड़े घर जाने का इन्तज़ार कर रहे थे। दामिनी उन्हें देख कर रुक गयी वो बहुत भीगी हुई थी। डॉ. संदीप ने अपने बैग से एक छोटा टॉवल निकाल कर उसे दिया, शायद ये मौसम था जब मोहब्बत का बीज दिलों की धरती पर पड़ा था और बारिश की बूँदों ने उसे अंकुरित कर दिया था। अब अक्सर दोनों मिलने लगे थे। अस्पताल की पुरानी धूल से ढकी, बरसों से बन्द पड़ी सर्विस सीढ़ी धीरे-धीरे उनका अपना संसार बन गयी। दामिनी उसे हँसते हुए "हमारा भूतिया विंग" कहती। वहीं दोनों वड़ा पाव बाँटकर खाते, चोरी-छिपे जन्मदिन का छोटा-सा केक भी काटते। उस संकरे से ठिकाने में, जो दुनिया के लिए भुला दिया गया था, उन्होंने अपनी एक नयी दुनिया बसा ली थी। दामिनी के लिए डॉ. संदीप का साथ जैसे ताजगी भरा हवा का एक झोंका था, जो उसके अकेलेपन को दूर कर देता था।

दोनों की दोस्ती धीरे-धीरे प्यार में बदलने लगी। हँसी-मजाक, बातें और एक-दूसरे के साथ बितायी गयी ख़ुशनुमा शामें, दामिनी को ऐसे महका जाते थे जैसे गुलाब के खिलते फूलों की महक। वे अक्सर बाग में टहलते, जहाँ नर्म हरी घास पर उनके क़दमों की आहट सुनाई देती।

दामिनी बहुत संवेदनशील थी एक दिन, जब दामिनी का एक बेहद प्रिय मरीज़ चल बसा, तो उसका धैर्य टूट गया। वह उसी सीढ़ी पर बैठ गयी और संदीप के सीने से लगकर फूट-फूटकर रो पड़ी थी। संदीप ने बस उसे थामे

रखा, मानो उसकी सारी पीड़ा को अपने भीतर समेट लेना चाहते हों। वहीं, उसी ख़ामोशी और आँसुओं के बीच, संदीप ने धीमे स्वर में कहा "मैं तुमसे प्यार करता हूँ।" दामिनी ने घबराकर उसकी आँखों में देखा, और फिर झिझकते हुए, आँखें बन्द कर ली। डॉ. ने उसी पल अपने होंठ उसके माथे पर रख दिये, वह चुम्बन छोटा-सा था, लेकिन उसमें उस गहराई का वादा छिपा था, जिसे दोनों मन ही मन समझ तो रहे थे, मगर कहने की हिम्मत किसी में नहीं थी।

दोनों ने अपने सपनों को पाने के लिए रास्ते खोजना शुरू कर दिया। हर शाम, वे नये ख़्वाबों की बातें करते और उन पर योजनाएँ बनाते। एक लम्बा सफ़र साथ चलने का इरादा लिए, वे दोनों एक क़दम आगे बढ़ चुके थे। जल्द ही, उन्होंने शादी का फ़ैसला ले लिया। यह निर्णय उनके लिए एक नयी शुरुआत थी, एक नया अध्याय जो उनके जीवन में रोमांच और ख़ुशी लेकर आयेगा। दामिनी का दिल ख़ुशी से झूम उठा, जैसे उसके सपनों की सभी रंगीन तस्वीरें अब वास्तविकता में बदलने को थीं।

हालाँकि, इस ख़ुशी के साथ-साथ, दामिनी के मन में एक हल्की सी चिन्ता भी थी। क्या डॉ. संदीप इस नये सफर में उसका साथ निभा पायेंगे? क्या उनकी दोस्ती का ये सफ़र हमेशा के लिए प्यार में बदल जायेगा? वो एक डॉक्टर है और दामिनी नर्स, ये पद और प्रतिष्ठा का सवाल तो कहीं उनके मन में नहीं आ जाये। दामिनी ने अपने मन में संदीप के साथ बिताए हर पल की ख़ूबसूरत यादों को सहेज रखा था, यह सोचते हुए कि प्यार के इस सफ़र में उतार-चढ़ाव तो होंगे ही, लेकिन उनकी एक-दूसरे के प्रति वचनबद्धता और प्रेम उन्हें हर मुश्किल को पार करने में मदद करेगा।

डॉ. संदीप एक मारवाड़ी परिवार से थे और उन्होंने अपने परिवार को मनाने में कई कठिनाइयों का सामना किया। सबसे पहली चुनौती यह थी कि उनकी साथी, दामिनी, एक साउथ इंडियन थी और पेशे से नर्स। उस दौर में, ख़ासकर 1970 के दशक में, प्रेम विवाह को समाज में एक बड़ा अपराध मान लिया जाता था। लोग इसे परिवार और परम्परा के ख़िलाफ़ एक बगावत के रूप में देखते थे।

यदि दामिनी डॉक्टर होती, तो शायद उनके परिवार को मनाना थोड़ा आसान हो जाता। लेकिन उस समय, समाज में महिलाओं की भूमिका सीमित थी, और नर्स होना, भले ही यह एक सम्मानित पेशा था, फिर भी परिवार के दृष्टिकोण से यह सम्मानित पेशा नहीं माना जाता था।

डॉ. संदीप ने अपने प्यार की गहराई और दृढ़ संकल्प के साथ इस चुनौती का सामना किया। उन्होंने अपने परिवार को समझाने के लिए बहुत मेहनत की। उन्हें अपने परिवार की पारम्परिक सोच को चुनौती देना पड़ा, धीरे-धीरे, संदीप की मेहनत और प्रेम ने अपने परिवार के सदस्यों को यह देखने पर मजबूर कर दिया कि प्यार की कोई सीमा नहीं होती। उनकी मेहनत रंग लाई और अन्तत: उनके परिवार ने दामिनी को स्वीकार कर लिया।

27 नवम्बर की शाम वह शाम थी, जिसका दामिनी बेसब्री से इन्तज़ार कर रही थी। कल से उसने अपनी शादी के लिए छुट्टी की अर्ज़ी दे रखी थी, और कल से शादी की तैयारियाँ शुरू करने वाली थी। अपने काम की ड्यूटी ख़त्म होने का इन्तज़ार करते-करते, वह अपने ख़्वाबों के गलियारों में खोई हुई थी। जब वह अहसासों के बने दरवाज़े से गुजरती, तो पायल की रुनझुन अपने कानों में सुनाई देती, जैसे यह सब उसे अपने नये जीवन के स्वागत के लिए बुला रहा हो।

दामिनी अस्पताल के बेसमेंट के चेंजिंग रूम में गयी, जहाँ वह रोज़ अपनी ड्यूटी ख़त्म कर कपड़े बदलती थी। आज उस कमरे में एक अलग-सा माहौल था, जैसे सभी चीज़ें उसके सपनों का स्वागत कर रही हो, मन उत्साहित था और इसलिए चारों और उसे उत्साह ही नज़र आ रहा था। लेकिन उसे क्या पता था कि ज़िन्दगी के रंग बदलने का यह इन्तज़ार उसे बेरंग कर देगा। वह सोचती रही कि कैसे कल से उसकी दुनिया पूरी तरह बदलने वाली है, लेकिन वह नहीं जानती थी कि जीवन में कभी कभार अप्रत्याशित मोड़ भी आते हैं।

उषा नाइट ड्यूटी करने के बाद सो रही थी, वो दामिनी की रूम मेट थी, एक नर्स की बात सुनकर सबसे पहले उसने आशा को ढूँढने का फ़ैसला किया। ढूँढती हुई आशा के पास पहुँची। उसके आते ही आशा अपने विचारों से बाहर निकल आयी। वो बता रही थी कि दामिनी ने अभी इस महीने की शुरुआत में

अपनी बहन के घर रहना शुरू किया था, क्योंकि वह अपनी शादी से पहले कुछ समय अपने परिवार के साथ बिताना चाहती थी। शादी की तैयारियों में अपने परिवार का साथ उसे अच्छा लग रहा था। कभी कभी ड्यूटी पर देर हो जाती तो मेरे पास आ जाती थी। अचानक उसके मुँह से निकला, "ये कहीं वह स्वीपर तो नहीं, जिसे दामिनी दो-तीन बार डाँट चुकी थी काम व्यवस्थित नहीं करने और चोरी करने के लिए?" इस सवाल ने दोनों के दिमाग़ में चिन्ता की लहर दौड़ा दी। इसी बीच बाहर से आवाज़ आयी कि पुलिस ने पूछताछ शुरू कर दी है और बात वहीं रुक गयी। पुलिस के आने की बात सुनकर आशा और उषा ने एक-दूसरे की ओर देखा और बाहर की तरफ़ चल दी।

इधर, ज़िन्दगी और मौत के बीच झूलती दामिनी को डॉक्टर देख रहे थे। उनकी आँखों में चिन्ता और उम्मीद का मिश्रण था, लेकिन उस ख़ामोश वातावरण में कुछ ऐसा था जो सब कुछ बयां कर रहा था। हर पल के साथ उसकी स्थिति और भी गम्भीर होती जा रही थी, और हर डॉक्टर की नज़र में एक अदृश्य सवाल था क्या दामिनी इस मुश्किल समय से बाहर निकल पायेगी?

इसी बीच, डीन भी उसे देखने आये। उनके चेहरे पर चिन्ता की लकीरें स्पष्ट थीं, लेकिन न तो उन्होंने कोई सवाल पूछा, न ही कोई जवाब दिया। सिर्फ़ एक गहरी ख़ामोशी थी, जो सभी के दिलों में एक अजीब-सी मायूसी का अहसास जगा रही थी। इस मायूस माहौल में, दामिनी की हिम्मत और उसके परिवार की चिन्ता ने एक ऐसा दृश्य पेश किया, जहाँ सब कुछ थम सा गया था, जैसे समय ने अपनी चाल धीमी कर दी हो।

डीन की आँखों में दामिनी के लिए कोई दर्द का भाव नहीं था, उन्हें तो केवल यही डर था की वे इस बिगड़ती स्थिति को कैसे सँभालेंगे। उनकी नीरसता आतंरिक असंवेदनशीलता को उजागर कर रही थी। दामिनी का मौन इस मायूस माहौल को और भी गहरा कर रहा था। सबको उम्मीद थी कि इस कठिन समय में वह फिर से उठेगी, लेकिन अनिश्चितता की छाया हर किसी को डरा रही थी।

दोपहर में दामिनी की बहन शान्ति अपनी 18 साल की बेटी के साथ डीन के ऑफ़िस में पहुँची। वहाँ पुलिस उससे पूछताछ कर रही थी, "कल शाम

दामिनी घर नहीं आयी। क्या आपको चिन्ता नहीं हुई?" पुलिस के सवाल पर शान्ति ने कहा, "वैसे तो वह शाम को 7 बजे तक आ जाती है, लेकिन कल मैंने रेडियो पर सुना था कि बच्चों के स्कूल में गलत खाने से फूड पॉइजनिंग हो गयी है और इसी अस्पताल में उनका इलाज चल रहा है। मुझे लगा कि वह उसमें बिजी हो गयी होगी।"

पुलिस ने उत्तर दिया, "लेकिन वो उसका विभाग नहीं है।"

"उसने मुझे कभी बताया नहीं कि वह किस विभाग में काम करती है," शान्ति ने निराशा के साथ कहा। "और मुझे लगा कि अगर देर हो गयी होगी, तो वह नर्स हॉस्टल में सो गयी होगी। वह यहाँ पर सात साल से रह रही थी, जब से मुम्बई आयी है। मेरे पास तो वह अभी आ कर रहने लगी जब उसकी शादी तय हो गयी है।"

पुलिस ने फिर पूछा, "क्या उसे हॉस्टल में कोई परेशानी थी?"

"नहीं, वह पैसे बचाना चाहती थी। जिस डॉक्टर से उसकी शादी होने वाली थी, उसके साथ मिलकर अपना क्लीनिक खोलने की सोच रही थी," शान्ति ने बताया।

"उस डॉक्टर का नाम क्या है?" पुलिस ने पूछा।

"मुझे नहीं मालूम। वह किसके साथ घूमती-फिरती थी," शान्ति ने निराशा से कहा।

पुलिस ने फिर कहा, "जब तुम्हें यह पता है कि वह पैसे बचा रही है उसके क्लिनिक के लिए, तो उसका नाम क्यों नहीं पता?"

"दामिनी ने कभी इससे ज़्यादा जानकारी नहीं दी", शान्ति ने अपना बचाव किया। वो पढ़ी-लिखी है और अपना भला-बुरा समझती है, इसलिए हमने भी ज़्यादा पूछताछ या जानकारी जुटाने की ज़रूरत नहीं समझी। हमारे लिए तो इतना जान लेना ही काफ़ी था कि लड़का डॉक्टर है। यही सोचकर हमने भरोसा कर लिया था कि सब कुछ ठीक ही होगा।

पुलिस ने आगे कहा, "एक चैन और घड़ी के अलावा तुम्हें लगता है कि उसकी कोई और चीज़ गुम हुई है?"

"हाँ, एक पेंडेंट है जो मेरी बेटी का है। वह उसे पहनने के लिए लिया था," शान्ति ने बताया।

"वो घड़ी माँ और भाई ने उसे दी थी जब वह नर्स बन गयी थी", पुलिस को बताया।"

"भाई कहाँ है? अब उसे बुलाओ", पुलिस ने आदेश दिया।

"क्यों?" शान्ति ने आश्चर्य से पूछा।

"इस केस के लिए। वह कहाँ रहता है?" पुलिस ने पुनः सवाल किया।

"कर्नाटक हमारे गाँव में," शान्ति ने उत्तर दिया।

इसी बीच, डीन भी वहाँ आये और शान्ति को निर्देश दिया, "उसे तुरन्त टेलीग्राम करो।" उनकी आवाज़ में गम्भीरता थी, जो सबको इस स्थिति की गम्भीरता का एहसास दिला रही थी।

इतनी सारी पूछताछ और औपचारिकताओं के बीच, दामिनी की बहन ने अचानक धीरे से सवाल किया, "उसे हुआ क्या है? मैं उसे देखना चाहती हूँ। जब तक मैं उसे ख़ुद नहीं देख लेती, तब तक अपने भाई को नहीं बुला सकती। हमारे लिए आना-जाना इतना आसान नहीं होता, हर बात सोच-समझकर क़दम उठाना पड़ता है।" उसकी आवाज़ में बहन का दर्द भी था और ग़रीबी से उपजी आर्थिक मजबूरी भी। अस्पताल की सफ़ेद दीवारों के बीच यह एक सीधा सा सवाल था।

डीन को यह एहसास हो रहा था कि दामिनी की जिम्मेदारी अब किसी को तो लेनी होगी। अस्पताल में उसकी स्थिति की गम्भीरता को देखकर, उन्होंने समझा कि परिवार के सदस्यों की अनुमति के बिना वे कुछ नहीं कर पायेंगे। इस समय, डीन की चिन्ता ये थी कि इस मुश्किल समय वे जानते थे कि परिवार के बिना किसी भी महत्त्वपूर्ण निर्णय लेना अत्यन्त कठिन होगा। शान्ति ने भी महसूस किया कि डीन के बातों में कि दामिनी की ज़िम्मेदारी वह उसके कन्धों पर डालना चाह रहे थे।

इन्हीं बातों के बाद, आशा और उषा फिर से एकान्त में लौट आयीं। आशा के मन में कई सवाल उमड़ रहे थे, लेकिन वह बहुत सावधानी से आगे बढ़ना चाहती थी। दामिनी की करीबी दोस्त होने के नाते, वह हर बात जल्दबाजी में सामने नहीं लाना चाहती थी। फिर भी, स्थिति की गम्भीरता को समझते हुए, उसे लगने लगा था कि जितनी जल्दी हो सके, कुछ जानकारियाँ जुटानी होंगी ताकि सही समय पर पुलिस और डीन को सटीक जानकारी दी जा सके।

आशा ने उषा से धीमी आवाज़ में पूछा, "उस स्वीपर के बारे में पूछा? जिसका जिक्र उसने अपनी बात में थोड़ी देर पहले किया था।

उषा थोड़ी ‍ ‍हिचकिचाई, क्योंकि वह भी नहीं चाहती थी कि किसी को बिना ठोस सबूत के आरोपित किया जाये। फिर भी, उसने आशा की चिन्ता को समझते हुए धीरे से कहा, "हाँ, वो दो-तीन बार दामिनी से उलझा था, काम ठीक से नहीं करता था। दामिनी उसे लेकर काफ़ी परेशान थी। लेकिन...क्या यह उससे जुड़ा हो सकता है?" क्या सिर्फ़ छोटी-मोटी नोकझोंक से कोई इतना बड़ा क़दम उठा सकता है? आशा ने ख़ुद से सवाल किया। ये तो जानलेवा हमला है...क्या अस्पताल का एक सफ़ाई कर्मचारी ऐसा भी कर सकता है? वो ख़ुद ही सोचे जा रही थी। लेकिन उनके पास अब तक न तो कोई ठोस जानकारी थी, न ही कोई स्पष्ट प्रमाण। बस एक संशय था अनकहा, अनजाना और भारी, जो दोनों के मन में घर करता जा रहा था।

पुलिस भी अपना काम कर रही थी, सभी से पूछताछ चल रही थी और हर बात अनुमान और अटकलों पर आधारित थी, लेकिन फिर भी चर्चा रुक नहीं रही थी। जैसे हर कोई किसी न किसी जवाब की तलाश में था, भले ही सवाल अभी तक पूरी तरह स्पष्ट न हुआ हो।

आशा ने गहरी साँस लेते हुए कहा, "नहीं कह सकते। लेकिन हमें हर तरह से सोचने की ज़रूरत है। हालाँकि अभी किसी नतीजे पर पहुँचना जल्दबाजी होगी।" और सबसे महत्त्वपूर्ण बात तो ये है कि बेसमेंट की जानकारी किसी अन्दर के व्यक्ति को ही हो सकती है।

दोनों एक पल के लिए चुप हो गयीं। उनकी दोस्त दामिनी अब जीवन और मृत्यु के बीच संघर्ष कर रही थी, और वे दोनों इस उलझन में थीं कि क्या किया जाये, क्या कहा जाये? उन्हें समझ आ रहा था कि हर क़दम सोच-समझकर उठाना होगा, क्योंकि यह सिर्फ़ दामिनी का मामला नहीं था–यह उनके लिए भी एक चुनौती थी, जिसमें वे अपनी दोस्त के लिए न्याय चाहते थे।

# चार

उषा कहने लगी, आप तो जानती हो दामिनी अपने सिद्धान्तों और नियमों के प्रति बेहद सख़्त है। कोई भी गलती, चाहे वह उसके साथ काम करने वाला हो या उससे नीचे के स्तर पर काम करने वाला कर्मचारी, उसकी नज़र से बच नहीं सकता। यदि वह किसी को नियमों का उल्लंघन करते देखती, तो उसकी नाराजगी तुरन्त सामने आ जाती। दामिनी अपने सिद्धान्तों पर गर्व करती है और अपने स्वप्निल रास्तों पर दृढ़ता से आगे बढ़ रही थी। उसके विचारों की छाँव में चलते हुए, उसे हमेशा सही और अनुशासित रहने का सन्तोष नज़र आता था।

उषा की शक की सुई जिस सफ़ाई कर्मचारी पर आ रही थी, उसका नाम था प्रकाश। इस घटना के बाद से वह कहीं नज़र नहीं आ रहा था, जो ख़ुद ही एक चिन्ता का कारण बन गया था।

हालाँकि उषा के पास कोई ठोस सबूत नहीं था, लेकिन मन ही मन वह सोच रही थी कि दामिनी के प्रति प्रकाश के मन में जो रोष था, उसे वह पहले दामिनी के ही मुँह से सुन चुकी थी।

फिर भी, वह जानती थी कि बिना किसी प्रमाण के कुछ कहना न तो आसान है, न ही सही। परिस्थितियाँ भले ही उसकी ओर इशारा कर रही थीं, लेकिन सच तक पहुँचना अभी बाक़ी था और फिलहाल, हर बात शंका और अनिश्चितता के घेरे में उलझी हुई थी।

प्रकाश कई बार दामिनी के ग़ुस्से का शिकार हो चुका था। दामिनी ने उसे कई बार काम में लापरवाही करने पर टोका था। एक दिन, जब उसने प्रकाश को मरीज़ों का खाना चुराते हुए रंगे हाथों पकड़ा, तो उसे कड़ी फटकार

लगाई। दामिनी ने उसे साफ़-साफ़ कहा कि अगर वह अपनी हरकतों से बाज़ नहीं आया, तो वह मैनेजमेंट से उसकी शिकायत कर देगी।

इस घटना के बाद, प्रकाश के मन में दामिनी के प्रति गहरी नफरत बैठ गयी। उसे लगा कि दामिनी उसे किसी भी तरह नुक़सान पहुँचाने के लिए तत्पर है। इसी द्वेष ने प्रकाश को बदले की भावना से भर दिया।

दोपहर के एक बज रहे थे और अब स्थिति बेकाबू हो रही थी, अस्पताल के बाहर सभी नर्सें जमा होकर इस घटना का जमकर विरोध कर रही थीं। हर किसी के मन में आक्रोश था, और उनका कहना था, "यह किसी के साथ भी हो सकता है। यह हमारी सुरक्षा का सवाल है, और इस पर कोई सख़्त क़दम उठाया जाना चाहिए।"

सीनियर नर्सों को शक था कि दामिनी नर्स के साथ बलात्कार हुआ है, लेकिन कागजों में इस बात को दबाया जा रहा था। शायद अस्पताल की साख और प्रतिष्ठा का सवाल था, इसलिए सच्चाई को छिपाने का प्रयास किया जा रहा था। लेकिन सभी नर्सों में इस बात को लेकर गहरा आक्रोश था, और अब वे हड़ताल पर जाने की बात कर रही थीं।

बड़ी समस्या यह थी कि पुलिस की रिपोर्ट में बलात्कार की घटना दर्ज़ न होने के कारण उनके पास इस आरोप को साबित करने का कोई ठोस सबूत नहीं था। नर्सें आपस में चर्चा कर रही थीं कि जब तक दामिनी को होश नहीं आता और वह अपनी बात नहीं बताती, तब तक उन्हें इन्तज़ार करना होगा कि आख़िर उस रात क्या हुआ था।

यह पहली बार था कि हिंदुस्तान में नर्सें हड़ताल पर उतरने की तैयारी कर रही थीं। उधर, पुलिस भी दुविधा में थी, कुछ भी स्पष्ट नहीं था, और सच्चाई की परतें धीरे-धीरे खुलने का इन्तज़ार कर रही थीं।

दोपहर के डेढ़ बजे तक डॉ. संदीप इस दुखद घटना से पूरी तरह अनजान थे। उन्होंने तो आज दामिनी से मिलने का समय पहले से तय कर रखा था शाम छह बजे। उन्होंने भी दो दिन की छुट्टी ले रखी थी वे भी अपने व्यक्तिगत कार्यों में व्यस्त थे इस बीच अस्पताल में क्या कुछ घट चुका है, इसकी भनक तक उन्हें नहीं थी। नियत समय पर एक सामान्य मुलाकात की योजना थी, लेकिन किस्मत ने जैसे सब कुछ बदल दिया था और डॉ. संदीप इस बदलाव से अब तक बेख़बर थे।

जैसे ही संदीप अस्पताल पहुँचे, उन्हें वहाँ का माहौल कुछ अजीब सा महसूस हुआ। हमेशा की तरह वे सीधे कैंटीन की ओर बढ़े, जहाँ वे हर बार अस्पताल आने पर जाया करते थे। वहाँ मौजूद कुछ डॉक्टर साथी उन्हें देखकर एक पल के लिए स्तब्ध रह गये। संदीप बिल्कुल सामान्य दिख रहे थे–चेहरे पर हल्की मुस्कान थी और वे सबका आत्मीयता से अभिवादन कर रहे थे। तभी एक डॉक्टर मित्र ने आगे बढ़कर पूछा, "कैसे हो संदीप? सब ठीक है न?...दामिनी के बारे में सुना। बहुत बुरा हुआ उसके साथ।"

क्या हुआ है दामिनी को? अभी मुझसे मिलने आने वाली है छह बजे का समय तय किया था कल।

डॉक्टर दोस्त ने पूछा कल के बाद दामिनी से मिले नहीं हो अभी तक?

डॉक्टर दोस्त थोड़ी देर तक हिचकिचाया, और फिर गम्भीर होते हुए बोला, "तुम्हें अभी तक किसी ने कुछ नहीं बताया? दामिनी के साथ कुछ भयानक हुआ है...किसी ने उसे मारने की कोशिश की। बेहतर होगा तुम डीन से मिल लो।"

ये सुनते ही संदीप के चेहरे से मुस्कान गायब हो गयी। उनकी आवाज़ काँप गयी, "अब वो कैसी है? कहाँ है?"

"वो ठीक नहीं है," डॉक्टर दोस्त ने कहा, अगर तुम चाहो, तो मैं तुम्हारे साथ चल सकता हूँ उसे देखने।"

"नहीं, मैं ख़ुद देख लूँगा," संदीप ने गम्भीरता से जवाब दिया। वह सोच में डूब गये, अब उन्हें केवल इस बात की चिन्ता थी कि डीन उन्हें कहाँ मिलेंगे।

तभी कुछ और जूनियर डॉक्टर आये और उन्हें चाय का कप थमा दिया, साथ ही सोफे पर बैठने का आग्रह किया।

संदीप ने गहरी साँस लेते हुए कहा, "मुझे क्यों किसी ने कुछ नहीं बताया?"

डॉक्टर ने धीरे से कहा, "सुबह से सब इसी उलझन में थे कि तुम्हें ख़बर दी जाये या नहीं।"

संदीप की आँखों में नाराज़गी की झलक आ गयी। "मैं कोई अजनबी हूँ क्या? सबको पता है कि मैं इन दिनों शादी की तैयारी में हूँ और इसी वजह से दो दिन की छुट्टी लेकर गया था।"

डॉक्टर मित्र ने शान्त स्वर में समझाया, "कोई बात नहीं, संदीप। तुम्हारे लिए शायद अच्छा ही हुआ कि तुम उस वक़्त यहाँ नहीं थे। पुलिस सभी से पूछताछ कर रही थी। तुम जानते हो, यह समय तुम्हारे करियर के लिए बेहद महत्त्वपूर्ण है।"

संदीप ने गहरी साँस लेकर कहा, "लेकिन डॉक्टर, वो भी तो मेरी ज़िन्दगी और मेरे करियर का ही हिस्सा है।"

पीछे से कई दबी आवाज़ें डॉ. संदीप सुन चुके थे।

संदीप की आँखें भर आयी। उसने कठोर आवाज में पूछा, "क्या उसका रेप हुआ है?"

डॉक्टर दोस्त ने थोड़ी झिझक के साथ कहा, "शायद...हाँ।" सभी का शक यही कह रहा है, जिस तरह पुलिस पूछताछ कर रही है उससे सभी यही शंका कर रहे हैं।

यह सुनते ही डॉ. संदीप तेज़ी से खड़े हो गये। "मुझे अभी जाना है उसके पास...मुझे वहाँ सुबह ही होना चाहिए था।"

और फिर वह डीन से मिलने के लिए चल पड़े। हर क़दम जैसे बोझिल होता जा रहा था। दिल में पछतावे की एक लहर-सी उठ रही थी "कैसे पूरा दिन यूँ ही निकल गया, और मैं इस भयानक घटना से अबतक अनजान रहा? क्या मैं वाकई इतना दूर चला गया था अपनी दामिनी से?"

उनका मन ख़ुद को ही कोस रहा था। एक बेचैनी, एक अपराध बोध उनके भीतर गहराता जा रहा था जो न तो शब्दों में ढल पा रहा था, और न ही मौन रह पा रहा था।

जैसे ही संदीप डीन के कमरे में पहुँचे, डीन डॉ. देशमुख ने उन्हें बैठने का इशारा किया। लेकिन संदीप रुके नहीं।

"सर, मैं पहले दामिनी को देखना चाहता हूँ," उन्होंने कहा। "वो कहाँ है? क्या वो होश में है?"

उनकी आवाज़ में घबराहट साफ़ झलक रही थी। हर शब्द जैसे एक ही सवाल को दोहरा रहा था कि क्या दामिनी ठीक है?

"कभी उसके परिवार से मिले हो?" डीन ने पुछा

संदीप ने सिर हिलाते हुए कहा, "नहीं, डीन ने थोड़ा हैरानी से पूछा, "लेकिन तुम्हारी शादी होने वाली थी उससे...'थी' से क्या मतलब? होने वाली है। वो ठीक हो जायेगी, और मैं उससे शादी करूँगा।"

संदीप की आवाज़ में अब दृढ़ता और विश्वास था। उन्होंने आगे कहा, "रही परिवार की बात, तो उसने बस इतना ही बताया था कि वो एक बेहद साधारण परिवार से है, और उसका परिवार कर्नाटक के एक छोटे से गाँव में रहता है। मुझे उससे ज़्यादा कुछ जानने की ज़रूरत भी महसूस नहीं हुई। हमारे बीच जो भी था, वो उसके परिवार या अतीत से कहीं परे था। मैं उसे उसके वर्तमान और उसके सपनों के लिए चाहता था। और मुझे यक़ीन है, वो ठीक हो जायेगी।"

डीन ने उसकी आँखों में उस दृढ़ विश्वास को देखा, लेकिन संदीप अभी माहौल की गम्भीरता से अनजान था।

डीन गम्भीर होते हुए बोले, "हमें कुछ मेडिकल प्रक्रियाओं के लिए उसके परिवार की सहमति की ज़रूरत पड़ सकती है। इसलिए पूछताछ ज़रूरी है।" संदीप ने दृढ़ता से कहा, "मैं दस्तखत करूँगा। वो मेरी होने वाली पत्नी है।"

डीन ने संदीप के कन्धे पर हल्का-सा दबाव डाला और धीरे से कहा, "होने वाली और पत्नी के अधिकारों में फ़र्क़ होता है, लेकिन कर्तव्यों में तो नहीं, सर। बताइए, मैं आपकी क्या मदद कर सकता हूँ?"

यह सुनते ही संदीप का दिल भर आया और वो डीन के गले लगकर फफक-फफक कर रोने लगे। अगले ही पल, उन्हें अपनी भावनाओं पर झेंप महसूस हुई, लेकिन डीन ने उस पल की नाजुकता और संदीप की भावनाओं को समझते हुए उन्हें अपने गले से लगा लिया।

फिर, एक कप चाय का ऑर्डर देते हुए डीन ने कहा, "अभी दामिनी को न्यूरो सर्जरी विभाग में शिफ्ट किया जा रहा है। तुम वहाँ उससे मिल सकते हो। तब तक, मेरे साथ बैठो और एक कप चाय पी लो। पुलिस भी शायद तब तक यहाँ से चली जायेगी।"

***

डॉ. संदीप की आँखें अब भी नम थीं, लेकिन डीन के शब्दों और उनके अपनत्व ने उनके दिल को थोड़ी राहत दी। संदीप की आँखों में बेचैनी साफ़ झलक रही थी, लेकिन डीन ने उसे साँत्वना देने की कोशिश की, वो संदीप बातों में उलझाए रखने की कोशिश कर रहे थे। पता नहीं क्यों, ऐसा महसूस हो रहा था जैसे डॉ. संदीप को जानबूझकर पुलिस के तीखे सवालों से दूर रखा जा रहा हो, वे भावुकता में बहकर ऐसा कुछ न कह दें, जो मामले को और उलझा दे या पुलिस के सामने नये सवाल खड़े कर दे। डीन का असल उद्देश्य यह था कि वह इस पूरे मामले को शान्त और नियन्त्रित तरीक़े से सँभाल सकें ताकि अस्पताल की प्रतिष्ठा बची रहे। वे जानते थे कि इस मामले की गम्भीरता को लेकर उन्हें कुछ क़दम सही तरीक़े से उठाने होंगे, और यही कारण था कि वह संदीप के सामने एक सहायक और समझदार भूमिका निभाने की कोशिश कर रहे थे।

डीन डॉ. देशमुख को भी इस बात की आशंका थी। उन्हें डर था कि संदीप की भावनात्मक प्रतिक्रिया कहीं जाँच की दिशा को बदल न दे, और ऐसा कुछ न कह जाये जो बाद में अस्पताल के लिए बड़ी मुश्किल खड़ी कर दे। इसलिए हर बात सावधानी और नियन्त्रण के दायरे में रखी जा रही थी जैसे सच को सामने आने देने से पहले उसे परखा जा रहा हो।

डॉ. संदीप अब दामिनी के सामने खड़े थे, और दामिनी उन्हें देख कर किसी भी तरह का कोई भाव अपने चेहरे पर नहीं ला रही थी। डॉ. संदीप की आँखें नम थीं, और यह दृश्य बेहद भावुक कर देने वाला था। जब आप किसी के साथ भविष्य के सपने बुनते हो, और वह व्यक्ति अचानक ऐसी स्थिति में आ जाये, तो आँखों का नम होना स्वाभाविक है। डॉ. संदीप के पास कहने के लिए शब्द नहीं थे, जैसे मानो उनके दिल की सारी आवाज़ें ख़ामोश हो गयी हों।

उन्होंने बस डॉक्टर से बात की, जो दामिनी की जाँच कर रहा था। डॉक्टर ने कहा, "वह कोमा में है। कुछ भी कहा नहीं जा सकता।" यह सुनते ही डॉ. संदीप को ऐसा लगा मानो उस के दिल पर जैसे किसी ने तलवार से वार कर

दिया हो। उनका मन भीतर से इतना आहत हो चुका था कि उनके चेहरे पर दर्द दिखाई पड़ झलक रहा था। संदीप अन्दर से टूट चुके थे, और यह बात उनके चेहरे से साफ़ दिखाई दे रही थी।

थोड़ी देर रुककर, डॉ. संदीप अपने घर तो आ गये, लेकिन उनका मन इतना बेचैन हो गया कि न उन्हें सोने में चैन मिल रहा था, न बैठने में। हर पल उनकी आँखों के सामने दामिनी का मुस्कुराता हुआ चेहरा आ रहा था। उन्हें ऐसा लग रहा था, जैसे अभी कोई दरवाज़े पर दस्तक देगा और कहेगा कि "दामिनी को होश आ गया है।"

रात जैसे-तैसे बीत रही थी, लेकिन हर मिनट भारी लग रहा था। पूरे अस्पताल का माहौल भी गमगीन और बोझिल हो गया था। स्टॉफ की बेचैनी और चिन्ता उनके चेहरों पर साफ़ झलक रही थी। इतनी बोझिल और उदास रात उस अस्पताल ने शायद ही कभी महसूस की हो।

# पाँच

अगली सुबह दामिनी हर अख़बार की सुर्ख़ियों में थी। सभी रिपोर्टर्स कभी पुलिस से जानकारी लेने की कोशिश कर रहे थे, तो कभी अस्पताल से, लेकिन कहीं से भी कोई ठोस जानकारी नहीं मिल पा रही थी।

अख़बारों में छपी ख़बर थी :

"अस्पताल में नर्स के साथ दुष्कर्म और हत्या की कोशिश। अपराधी का अब तक कोई सुराग नहीं मिला।"

इस ख़बर ने पूरे शहर को हिला कर रख दिया था। हर कोई इस भयावह घटना से स्तब्ध था, लेकिन मामले की गुत्थी अभी सुलझी नहीं थी।

सभी स्टॉफ से पूछताछ के बाद, पुलिस का शक प्रकाश पर जाकर टिक गया। पूरे स्टॉफ में से वह अकेला व्यक्ति था जो पूरे दिन अस्पताल से गायब रहा। उसका इस तरह अनुपस्थित रहना और सवालों से कतराना, अब सन्देह को और गहरा करने लगा था। सबकी निगाहें अब उसी पर टिकने लगी थीं क्योंकि जब सभी जवाब देने को तैयार थे, वो अकेला था जो हर सवाल से बच रहा था। प्रकाश अस्पताल में एक सफ़ाई कर्मचारी था, जो अस्पताल के गलियारों में अक्सर दिखाई देता था। शुरुआत में पुलिस के लिए उसे पहचानना मुश्किल था, लेकिन धीरे-धीरे कुछ गवाहों की गवाही और उसके संदिग्ध व्यवहार ने उसे संदिग्ध बना दिया। आधिकारिक बयान के अनुसार, एक अन्य सफ़ाई कर्मचारी ने पुलिस को बताया कि प्रकाश ने कई बार दामिनी के बारे में गन्दी और परेशान करने वाली बातें की थी, जिसमें वह उसे अपनी ओर आकर्षित करने की बातें करता था। इन बयानों से पुलिस को सन्देह हुआ कि प्रकाश का सम्बन्ध इस अपराध से हो सकता है। कर्मचारी ने यह भी बताया

कि वह घटना के दिन उसी इलाक़े में देखा गया था, जहाँ दामिनी पर हमला हुआ था। अस्पताल में काम करते हुए, प्रकाश को बेसमेंट और स्टाफ क्वार्टरों तक की पहुँच थी, और यही वह जगह थी जहाँ दामिनी पर हमला हुआ था। उसकी नौकरी ने उसे ऐसे संवेदनशील स्थानों तक पहुँचने का मौका दिया, जिससे इस घटना में उसके संलिप्त होने का शक और भी बढ़ गया।

पुलिस को यह भी जानकारी मिली कि प्रकाश और दामिनी के बीच एक कड़वी रिश्ते की शुरुआत उस दिन से हुई थी जब दामिनी ने उसे काम में लापरवाही करने पर कड़ी फटकार लगाई थी। एक दिन, जब दामिनी ने उसे मरीज़ों का खाना चोरी करते हुए रंगे हाथ पकड़ लिया, तो उसने प्रकाश को कड़ी चेतावनी दी थी। उसने उसे यह भी कहा था कि अगर वह अपनी आदतों को नहीं बदलेगा, तो वह मैनेजमेंट से उसकी शिकायत कर देगी।

इस घटना के बाद, प्रकाश के मन में दामिनी के प्रति गहरी नफरत बैठ गयी थी। उसे यह लगा कि दामिनी उसे हर पल नुक़सान पहुँचाने के लिए तत्पर है। इस द्वेष और प्रतिशोध ने उसे इस हद तक प्रेरित किया कि वह दामिनी से बदला लेने के लिए कुछ भी कर सकता था।

पुरुषों की यही विकृत सोच अक्सर एक स्त्री के जीवन को बर्बादी की कगार पर ला खड़ा करती है। न जाने कितनी 'दामिनियाँ' इस मानसिकता की बलि चढ़ चुकी हैं।

कभी कोई कानून नहीं बना, न ही कोई ऐसी सख़्त सज़ा दी गयी जो इस विकृत सोच को जड़ से मिटा सके और यही सबसे बड़ा अपराध है एक चुप्पी, जो हर बार एक और लड़की को दम तोड़ने पर मजबूर कर देती है।

उसने पुलिस को यह भी बताया कि दामिनी अक्सर प्रकाश को, उसके काम को सही तरीक़े से नहीं करने पर टोकती रहती थी और नियमों का पालन नहीं करने पर नाराज़ होती थी।

पुलिस ने प्रकाश को गिरफ्तार किया। जब पुलिस ने प्रकाश से पूछताछ की, तो वह धीरे-धीरे अपना अपराध स्वीकार करने लगा। प्रकाश ने पूरी घटना के बारे में बताते हुए कहा, "वो दिन...मैंने पहले सोचा था कि मैं उसे अपनी तरह से समझा लूँगा, लेकिन जब उसने मुझे टोक दिया, तो मैंने सोचा कि उसे सबक़ सिखाना पड़ेगा।"

पुलिस ने फिर सवाल किया, "फिर तुमने क्या किया?"

प्रकश ने ठण्डी आवाज में कहा, "मैंने उसे डॉग चेन से गला घोंटने की योजना बनायी थी ताकि वह मर जाये, लेकिन पहले मैं उसे...वह पीरियड्स में थी, तो उससे बलात्कार नहीं कर सका, लेकिन मैंने...उसने मुझसे नफ़रत की थी, तो मैंने उसे...नुक़सान पहुँचाया।"

पुलिस ने और गहराई से पूछा, "तुमने उसे गला क्यों घोंटा?"

प्रकाश ने कहा, "उस दिन मैं जानता था कि उसे गला घोंटने से उसकी साँसें रुक जायेंगी, और वह मर जायेगी मैंने जो किया, उसे बस ख़त्म करने के लिए किया था।"

पुलिस ने शंका जताते हुए पूछा, "क्या तुम्हें नहीं लगता कि तुमने उसे मार डाला?"

प्रकाश ने सिर झुका लिया और कहा, "वह मर गयी...मुझे भी लगा था जब मैंने डॉग चेन से गला घोंटा उसने ...मुझे बहुत तंग किया था। अब वह नहीं रहेगी तो मुझे शान्ति मिलेगी।"

पुलिस ने फिर से पूछा, "क्या तुम्हें अपने किये पर पश्चात्ताप है?"

उसने कहा, "नहीं, मुझे पछतावा नहीं है। मुझे तो यह लगता था कि वह मुझे हमेशा तंग करती रही थी। अब वह नहीं रही, तो मुझे कोई अफ़सोस नहीं है।"

प्रकाश की इस घृणा ने साफ़ कर दिया कि वह किसी भी पछतावे या अपराधबोध से मुक्त था। उसने दामिनी की ज़िन्दगी को बर्बाद करने का जो काम किया, उसे वह अपनी जीत समझ रहा था। उसका अपराध अब पूरी दुनिया के सामने था, लेकिन वह इसका कोई परिणाम नहीं देख पा रहा था। दामिनी के साथ किया गया यह घिनौना अत्याचार अब सबके सामने था, और उसके हर कृत्य ने यह साबित किया कि वह किसी भी प्रकार की मानवीय संवेदनाओं से बिल्कुल अनजान था।

और उस पर हत्या और चोरी का आरोप लगाया गया है। इस बात को पूरी तरह दबा दिया जाता है कि उसके साथ रेप भी हुआ था। अख़बारों में भी सिर्फ़ सवालिया निशान के साथ ख़बरें छपती थीं, लेकिन बिना किसी ठोस बयान या सबूत के कोई कुछ बोलने की स्थिति में नहीं था। उस बात को दबा दिया गया।

जब सिस्टर उषा और आशा को इस बात की ख़बर मिली कि गुनहगार पकड़ा जा चुका है, तो वे भागती हुई दामिनी के वार्ड में पहुँचीं, मानो उसे यह

ख़ुशख़बरी देने आयी हों कि तुम्हें इन्साफ़ मिलने वाला है। लेकिन दामिनी की हालत देखकर वे उसे कुछ कह नहीं पाईं। उनकी आँखों में आँसू भर आये, पर इसके सिवा वे कुछ भी करने में असमर्थ थीं।

प्रकाश को सज़ा तो मिली, मगर वह सज़ा उस दर्द और पीड़ा के सामने कुछ भी नहीं थी, जो दामिनी ने उस हमले के दौरान झेला था। महज़ सात साल की क़ैद पूरी करने के बाद, वह फिर से अपनी ज़िन्दगी जीने के लिए आज़ाद हो गया। अदालत में उसके ख़िलाफ़ सिर्फ़ दामिनी पर हमला करने और सामान चोरी करने का मुकदमा चला। दामिनी ज़िन्दा बच गयी थी, इस वजह से उस पर हत्या का मामला नहीं बन पाया।

लेकिन जो सबसे घिनौना अपराध हुआ था दामिनी के साथ बलात्कार उसे कहीं दबा दिया गया। न जाने किस दबाव में, किस मजबूरी में या किस षड्यन्त्र के तहत, इस सच्चाई को कभी सामने नहीं आने दिया गया। अस्पताल प्रबन्धन ने आख़िर क्यों इस भयानक सच को छुपाया, यह आज तक कोई नहीं जान पाया।

अपराध वो, जो अन्दर ही अन्दर दफ़न हो जाता है, अक्सर अपने बेगुनाही के सबूत ख़ुद ही मिटा लेता है। और शायद हमारा न्यायिक तन्त्र भी ऐसा ही है, जहाँ गुनाह के सबूत हमेशा कच्चे होते हैं वो कभी भी, कहीं भी मिटा दिये जाते हैं। दामिनी की आवाज़ तो ख़ामोश थी, पर हमारे सिस्टम में ख़ामोश चीखों को कौन सुनता है?

प्रकाश आज़ाद हो गया, और दामिनी अपनी ख़ामोशी में क़ैद रह गयी। उसकी स्वाभाविक ज़िन्दगी उससे छीन ली गयी, उसकी आत्मा को छलनी कर दिया गया, और उसे एक ऐसे बिस्तर पर मरने के लिए छोड़ दिया गया, जहाँ से कभी कोई लौटकर नहीं आता। उसका दर्द चीख बनकर भी कभी हमारे समाज और सिस्टम में जगह नहीं पा सका। यह न्याय नहीं था, न दामिनी के लिए, न उन सभी बलात्कार पण्डितों के लिए जो ख़ामोश रहते हैं, क्योंकि उनकी चीखों को सुनने वाला कोई नहीं होता।

दामिनी अब एक ज़िन्दा लाश बन चुकी थी। उसकी साँसें तो चल रही थीं, लेकिन उसमें जीवन का कोई अंश बाक़ी नहीं था। ऐसा लग रहा था कि

उसकी आत्मा उस टूटी हुई देह को छोड़ना नहीं चाहती थी, मानो वह न्याय की पुकार कर रही हो, पर उसे सुनने वाला कोई नहीं था। वह अब एक निर्जीव गुड़िया बनकर रह गयी थी, जिसकी आत्मा न्याय से अपना हक़ माँग रही थी, लेकिन किसी के पास उसे सुनने की फुर्सत नहीं थी। वो अब इस अस्पताल के वार्ड नम्बर 4 के बेड पर सिर्फ़ एक मरीज़ बनकर रह गयी थी, जिसे न जाने कब तक यूँ ही मौत से संघर्ष करना था।

आज फिर डॉ. संदीप दामिनी के सामने खड़े थे, आँखों में नमी थी और मन में गहरी पीड़ा। वो अब भी बेहोश थी, और वहाँ जो नर्स थी, वह चुपचाप कमरे से बाहर चली गयी, शायद वह इस भावुक क्षण का साक्षी नहीं बनना चाहती थी। डॉ. संदीप के मन में लगातार एक ही विचार चल रहा था–जब दामिनी को होश आयेगा और वह अपनी इस हालत को देखेगी, तो बहुत नाराज़ होगी। वह इतनी ख़ूबसूरत है, लेकिन उसके बालों को काटना पड़ा क्योंकि ख़ून और उलटी से उसके बाल सुख चुके थे। सोते हुए उसके बालों का रखरखाव मुश्किल हो रहा था। इस सूरत को आईने में देखकर उसे गहरा धक्का लगेगा। वह यह सब कैसे बर्दाश्त कर पायेगी?

अपने विचारों में खोए हुए, डॉ. संदीप ने धीरे से उसके पास झुककर होठों पर अपने होंठ रख दिये। यह पहली बार था जब उन्होंने दामिनी को इतनी नज़दीक से महसूस किया था।

"तुम आराम करो," डॉ. संदीप ने धीरे से कहा, "मैं फिर लौट कर आऊँगा।" उनका दिल भर आया, लेकिन वह ख़ुद को सँभालते हुए कमरे से बाहर चले गये।

दो-तीन घण्टे बाद डॉ. संदीप फिर से दामिनी के कमरे में आये। वे किसी और काम में मन नहीं लगा पा रहे थे। उनके मन में पुरानी यादें घुमड़ने लगीं कैसे दामिनी अपनी ड्यूटी पूरी लगन से करती थी, और कैसे उन्होंने उसे शादी के लिए प्रपोज़ किया था। उनकी आँखों में आँसू थे, और अब वे दामिनी से खिन्न होकर अपना ग़ुस्सा व्यक्त कर रहे थे।

"क्या तुम अपने होने वाले पति को इस तरह रुला सकती हो?" डॉ. संदीप ने भावुक होकर कहा। "क्या यही सीखा है तुमने? मेरी बात की कोई

अहमियत नहीं है तुम्हारे लिए? मैं कब से कह रहा हूँ कि अपनी आँखें खोलो, और तुम हो कि अपनी ज़िद पर अड़ी हो। क्या तुम मुझे इस तरह अकेला छोड़ सकती हो?"

डॉ. संदीप की आवाज़ में दर्द और आक्रोश का मिला-जुला भाव था। वे चालीस मिनट तक दामिनी के पास बैठे, उससे बातें करते रहे, अपने दिल की हर बात कह डाली, लेकिन दामिनी की ओर से कोई जवाब नहीं मिला। कमरे में एक गहरी ख़ामोशी छाई रही, और उसके चेहरे पर बस वही निर्जीव भाव बने रहे।

जब वार्ड में मौजूद ड्यूटी नर्स ने आशा को डॉ. संदीप के बारे में बताया, तो उसने समझाते हुए कहा, "डॉक्टर साहब, हम हैं न, दामिनी की देखभाल करने के लिए। दामिनी जल्द ठीक हो जायेगी, "आप अपना ध्यान रखिए... हिम्मत बनाए रखिए। जब दामिनी ठीक होकर आपसे बात करेगी, तो वह आपको ख़ुश और स्वस्थ देखना चाहेगी। अगर आप यूँ ही चिन्ता में डूबे रहेंगे, तो ख़ुद ही मानसिक रूप से कमज़ोर हो जायेंगे।"

आशा ने एक हल्की मुस्कान के साथ कहा, "मैं ओहदे में आपसे छोटी हूँ, आप डॉक्टर हैं और मैं एक नर्स, लेकिन उम्र में आपसे बड़ी हूँ, इसलिए इसे दामिनी की बड़ी बहन की हिदायत समझिए। मैं वादा करती हूँ, दामिनी का ध्यान पूरी तरह से रख लूँगी। उसकी बातों में स्नेह और ज़िम्मेदारी की झलक थी, मानो एक बड़ी बहन अपने छोटे भाई को सँभलने की सलाह दे रही हो।

डॉ. संदीप दिन में एक बार तो ज़रूर दामिनी को देखने आते थे, वे उसके बेड के पास बैठकर काफ़ी देर तक उससे बातें करते, उसकी मेडिकल रिपोर्ट्स देखते, और हर बार कोशिश करते कि उनकी बातें दामिनी के कानों से होकर उसके दिमाग़ तक पहुँचें और वो कुछ तो प्रतिक्रिया दे। कभी हल्के से मुस्कुराते हुए कहते, "तुमने हमेशा अपने बोल-बोल कर मेरे कितने कामों में मुझे डिस्टर्ब किया है। अब जब मैं तुमसे बोलने को कह रहा हूँ, तो अब कहाँ चली गयी तुम्हारी आवाज़?" लेकिन जब दामिनी की ओर से कोई जवाब नहीं आता, तो वे उदास होकर धीरे-धीरे वहाँ से हट जाते, दिल में एक गहरी उदासी और बेबसी लिए हुए।

डीन ने डॉ. संदीप को विशेष अनुमति दे रखी थी कि वे जब भी चाहें, दामिनी को देखने आ सकते हैं। लेकिन जो डॉक्टर दामिनी का इलाज़ कर

रहे थे, वे चाहते थे कि अस्पताल में अनुशासन बना रहे। इसके बावजूद, डॉ. संदीप हर रोज़ दामिनी से मिलने आते। उनके मन में उम्मीद की एक छोटी सी लौ जल रही थी।

उन्होंने दामिनी के पलंग के पास वाली दराज में लाल और काली बिंदी के पैकेट रख दिये थे। हर बार जब वे आते, तो बड़ी ही नर्मी से दामिनी के माथे पर बिंदी लगा देते, मानो यह उनके प्यार और उम्मीद का प्रतीक हो।

एक दिन, जब ड्यूटी नर्स ने यह देखा, तो वह अपने आँसू रोक नहीं पायी और चुपचाप वहाँ से हट कर रोने लगी। उस दृश्य में एक गहरा दर्द और डॉ. संदीप का सच्चा प्रेम झलक रहा था।

# छह

एक साल बीत जाने के बाद, स्पीच थेरेपिस्ट भी असफल रहे। दामिनी की आँखों में केवल शून्यता थी न कोई भाव, न ही शब्दों का शोर। एक नया सवाल उठ खड़ा हुआ था, किसी मरीज़ को कब तक अस्पताल में रखा जा सकता है? डीन का कहना था कि एक बेड को इस तरह से अनिश्चित काल तक नहीं रखा जा सकता। दामिनी के ठीक होने का इन्तज़ार आख़िर कब तक किया जाये, क्योंकि अब धीरे-धीरे उम्मीदें भी ख़त्म होती जा रही थीं।

कभी-कभी वह हँसती थी, तो कभी बहुत तेज़ चिल्लाकर रोती थी, लेकिन उसकी जुबान से शब्द शायद रूठ गये थे। दो बड़े सवाल खड़े थे पहला, क्या वह कभी ठीक हो पायेगी? और दूसरा, क्या उसका परिवार उसे यहाँ से ले जायेगा? क्योंकि उसका परिवार उसे देखने रोज़ नहीं आता था। कभी-कभार उसकी बहन आती थी, लेकिन उसके अलावा कोई और देखने नहीं आता था।

न्यूरो सर्जन की रिपोर्ट के अनुसार दामिनी की स्थिति में किसी भी सुधार की कोई गुंजाइश नज़र नहीं आ रही थी। वह पूरी तरह से दूसरों पर निर्भर थी चाहे वह उसके शरीर की सफ़ाई हो, कुछ खिलाना-पिलाना हो, या फिर किसी भी दैनिक कार्य हो। डॉक्टर ने भी कह दिया था कि अगर आप बेड ख़ाली करवाना चाहते हैं, तो उन्हें कहीं और शिफ्ट किया जा सकता है, क्योंकि अब उन्हें न्यूरो सर्जन की ज़रूरत नहीं है।

इस बीच, दामिनी के भाई को कई पत्र लिखे गये, लेकिन किसी का कोई जवाब नहीं आया। कोई भी उसकी जिम्मेदारी लेने के लिए तैयार नहीं था। एक बार की बातचीत से ऐसा लगा कि परिवार अस्पताल से पैसे की माँग कर रहा था, यह तर्क देते हुए कि दामिनी की यह हालत ड्यूटी पर हुई है,

इसलिए अस्पताल की ज़िम्मेदारी बनती है कि उन्हें वेतन के रूप में मुआवजा दिया जाये।

एक बार दामिनी को नहलाने की ज़िम्मेदारी एक नयी, स्टूडेंट नर्स को दी गयी। लेकिन जैसे ही नर्स ने उसे छूने की कोशिश की, दामिनी का व्यवहार अचानक असामान्य हो गया। घबराई हुई नर्स ने पूछा, "क्या इनका रेप हुआ है? ऐसा सुनने में आया था। शायद इसीलिए ये ऐसा रिएक्ट कर रही हैं? जैसे किसी पुरुष के छूने पर कोई महिला ऐसा बर्ताव करती हैं?"

इस सवाल ने सबको झकझोर दिया, लेकिन कोई साफ़ जवाब नहीं था। यह बात सच थी कि दामिनी का इलाज़ करने वाले अधिकतर डॉक्टर पुरुष थे, फिर यह प्रतिक्रिया क्यों? हो सकता है, यह किसी अनजान स्पर्श की वजह से हो। नर्स के मन में कई सवाल थे, लेकिन उनका कोई जवाब नहीं था। जवाब देने वाला वहाँ कोई नहीं था, और जो वहाँ था केवल सन्नाटा।

डीन ने दामिनी को मदर टेरेसा होम भेजने का निर्णय लिया था। जैसे ही यह ख़बर नर्सिंग स्टाफ तक पहुँची, सभी नर्सें नाराजगी जताते हुए उनके पास पहुँचीं। वे सभी दामिनी का दिल से ख़याल रख रही थीं और उसे इस हालात में कहीं और भेजे जाने से असहमत थीं। डीन ने कहा, "मैं चाहता हूँ कि वह ठीक हो जाये, लेकिन उसकी स्थिति में कोई सुधार नहीं दिख रहा।"

फिर भी सर, उसे इस हालात में किसी अनजान जगह भेजना सही निर्णय नहीं है, वहाँ उसे कोई ठीक से समझ नहीं सकेगा। सभी नर्सें अपनी-अपनी नाराजगी व्यक्त कर रही थीं। "वह वहाँ मर जायेगी," एक नर्स बोली, "उसके बेड सोर्स हो जायेंगे, और कोई उसका ख़याल नहीं रख पायेगा। उसे इस तरह मरने के लिए वहाँ नहीं छोड़ा जा सकता, क्योंकि उसकी मौत अभी नहीं लिखी है। अगर उसे मरना होता, तो उसी रात मर गयी होती। अभी ज़िन्दगी का कर्ज़ बाक़ी है।" नर्सिंग स्टाफ का कहना था कि बोर्ड यह निर्णय नहीं ले सकता कि दामिनी को यहाँ से कहीं और भेज दिया जाये। "अगर ऐसा हुआ, तो हम अपना काम बन्द कर देंगे, हड़ताल कर देंगे," वे सभी एकमत थीं। कुछ घण्टों बाद यह निर्णय लिया गया कि दामिनी अस्पताल में ही रहेगी।

समय का चक्र चल रहा था, दो साल और बीत गये थे। डॉ. संदीप से डीन ने दामिनी के बारे में चर्चा की। डीन ने सुझाव दिया कि अब दामिनी को घर ले जाया जाये, लेकिन डॉ. संदीप ने अपनी भावनाएँ व्यक्त कीं। उन्होंने कहा, "मेरे घरवाले मुझ पर शादी का दबाव डाल रहे हैं। मेरे डॉक्टर दोस्त भी पूछते हैं, 'एक डॉक्टर होने के नाते, क्या तुम्हें लगता है कि दामिनी कभी ठीक होगी? तुम कब तक इन्तज़ार करते रहोगे?' और अब बात करने के लिए भी कुछ बचा नहीं है।"

डीन ने डॉ. संदीप की ओर देखकर कहा, "तुम एक अच्छे इन्सान हो। इतने सालों तक तुमने उसकी देखभाल की है।"

संदीप ने गहरी साँस लेते हुए जवाब दिया, "नहीं, अगर मैं वाकई अच्छा इन्सान होता, तो क्या जिसे मैं शादी करने वाला था, उसे इस हालत में छोड़ देता? दामिनी मेरे क्लीनिक और हमारी आने वाली ज़िन्दगी के लिए पैसे जोड़ रही थी। मैं उसे इस हालत में छोड़कर कैसे ख़ुद को अच्छा इन्सान मान सकता हूँ? अगर अच्छा होता, तो उसे अपने साथ घर ले जाता।"

इस बीच, दामिनी से जुड़े हर इन्सान के मन में पुरानी यादें बार-बार लौट आतीं। उसकी हँसी, उसकी मुस्कुराहट, और डॉ. संदीप का अक्सर उन लम्हों में खो जाना। उसकी रूममेट उषा को याद था कि कैसे दामिनी तेज़ आवाज़ में रेडियो चलाकर मस्ती करती थी। जब वह अपनी और संदीप की कहानी सुनाती, तो अक्सर मीना कुमारी और राजकुमार की फ़िल्म का ज़िक्र करती–डॉक्टर और नर्स की प्रेम कहानी। फिर हँसते-हँसते फ़िल्म का गाना गुनगुनाती, "अजीब दास्तां है ये..." और अब, विडंबना यह थी कि उनका जीवन भी उसी गाने की तरह "अजीब दास्तां" बन गया था।

उसकी मुस्कराहट और खिलखिलाती आवाज़, जो कभी चारों ओर गूँजती थी, अब बस यादों में कहीं खो गयी थी, और डॉ. संदीप उन यादों में बार-बार डूबते-तो कभी तैरते रहते।

डॉक्टर, नर्स और अस्पताल का पूरा स्टॉफ दामिनी को इतने करीब से देखता आ रहा था–उसकी हर तकलीफ़, उसकी हर ख़ुशी, हर छोटी-बड़ी प्रतिक्रिया को समझने की कोशिश करता। दामिनी बिना कुछ कहे, बिना देखे,

बिना सुने अपनी तकलीफ़ों को सहती जा रही थी। चाहे वह मानसिक दर्द हो, जो पीरियड शुरू होने से पहले आता था, या पीरियड के दौरान होने वाला शारीरिक दर्द, या फिर सालों से झेल रहे हार्मोनल असन्तुलन के कारण होने वाली परेशानियाँ दामिनी ने हर दर्द को चुपचाप सहन किया।

आज डॉ. संदीप, दामिनी से मिलने आये, लेकिन आज उनकी आवाज़ में कुछ अजीब-सा दबाव था, उनकी आँखें नम थीं, और ऐसा लग रहा था जैसे कुछ कहना चाह रहे हों। धीरे-धीरे उन्होंने कहा, "दामिनी, आज हमारी आख़िरी मुलाकात होगी। कल मेरी शादी है...मेरे परिवार वालों ने इस लड़की को मेरे लिए चुना है।" यह कहते हुए उनके शब्द ऐसे लग रहे थे जैसे वे दामिनी को कोई सफ़ाई दे रहे हों, जैसे ख़ुद को समझा रहे हों।

उन्होंने आगे कहा, "मैं कोशिश करूँगा कि मेरी वजह से उसकी भावनाएँ आहत न हों। अस्पताल की ड्यूटी तो मुझे करनी पड़ेगी, लेकिन मैं तुम्हें अब नहीं मिलूँगा।"

डॉ. संदीप दामिनी की नि:शब्द देह से बात करते थे, शायद उसकी रूह उनकी बातें सुनती थी, लेकिन कभी भी उन बातों का कोई जवाब नहीं दे पायी। वह यह भी नहीं कह पायी, "जाइए, मैंने आपको अपने प्रेम से मुक्त किया।" शायद वह जानती थी कि अब वह केवल एक रूहानी रिश्ता ही निभा सकती है, लेकिन इस सच्चाई को समझता कौन है? एक ज़िन्दा इन्सान को तो अपनी ज़िन्दगी के हर स्वार्थ, हर ज़रूरत को पूरा करना होता है। ऐसे विरले ही होते हैं जो केवल रूह से रिश्ता निभा पाते हैं।

आख़िरकार, डॉ. संदीप यह धर्मयुद्ध हार गये। उन्हें भी तो हर रोज़ अपनी जिम्मेदारियाँ निभानी होती थीं, और इस चुप्पी को वे अब और सहन नहीं कर पा रहे थे। कब तक वे इस एकतरफा प्रेम को निभाते रहते? दामिनी की चुप्पी का टूटना अब उन्हें असम्भव सा लगने लगा था। हर दिन की थकावट, परिवार की जिम्मेदारियाँ और जीवन के अन्य कामों में उलझते-उलझते, यह रिश्ता केवल दर्द और ख़ामोशी में बदल गया था।

संदीप की निगाहें पास के ड्रॉअर में रखी बिंदी के पैकेट की तरफ़ गयीं, जिसे वे अक्सर देखते थे, लेकिन आज वहाँ कुछ नहीं था। शायद आज सफ़ाई के दौरान वो ख़ाली पैकेट किसी ने फेंक दिया था।

उन्होंने दामिनी को अपने दोनों हाथों में उठाया। दामिनी का चेहरा भावहीन था, जैसे उसमें कोई जीवन न बचा हो, लेकिन उसकी आँखों में आँसू थे। डॉ. संदीप ने अपने होंठ दामिनी के होंठों पर रख दिये। उसकी आँखों को चुमा दामिनी को महसूस हुआ या नहीं, यह कोई नहीं जानता, लेकिन डॉ. संदीप ने उन आँसुओं का खारापन ज़रूर महसूस किया और फिर, उसी खारेपन के साथ, संदीप उस कमरे से चले गये फिर कभी न लौटने के लिए।

# सात

दामिनी की बड़ी बहन, कुछ समय तक आती रही, उसे देखने के लिए। या यूँ कहें कि वह शायद अपने कर्तव्य को निभाने की कोशिश कर रही थी। लेकिन इस दुनिया में हर रिश्ता कहीं न कहीं स्वार्थ से जुड़ा होता है, और दामिनी का साथ भी इस स्वार्थ के आगे टिक नहीं पाया। बहन ने अपनी पारिवारिक और व्यक्तिगत समस्याओं के चलते अस्पताल आना बन्द कर दिया, क्योंकि उसे यह महसूस होने लगा था कि अस्पताल प्रबन्धन चाहता है कि दामिनी के परिवार वाले उसे अस्पताल से घर ले जायें, ताकि बिस्तर ख़ाली हो सके। बड़ी बहन ने यह साफ़ कह दिया कि वह दामिनी की ज़िम्मेदारी तभी उठा सकती है जब उसे हर महीने उसकी पगार मिले और एक नर्स और डॉक्टर लगातार दामिनी की देखभाल करें, और बहन ने भी ज़िम्मेदारी से अपना हाथ पीछे खींच लिया।

दामिनी इस सबको चुपचाप सुनती रहती, महसूस करती रहती उस गहरे दर्द को, जिसमें कहने को कुछ नहीं था। बस एक ख़ालीपन था, जो कोई भी नहीं भर पाया। उसका मन उस बोझ को ढोता रहा, न जाने कब तक और कैसे। शायद दामिनी के भीतर कहीं कोई अहसास जन्म लेता, लेकिन उसके पास उसे व्यक्त करने की शक्ति नहीं बची थी। शायद वह एक अधूरा सपना था जो दामिनी के साथ बन्धा हुआ था। एक सपना कि वह कुछ ऐसा करे जिससे दुनिया उसे उसके नाम से जाने। पर अब, वह सपना भी उस शून्यता में कहीं खो गया था, जैसे दामिनी ख़ुद खो चुकी थी।

अस्पताल की नर्सें जो भी ड्यूटी पर होतीं, दामिनी का किसी बच्चे की तरह ख़याल रखतीं। उसकी शून्य में ताक़ती आँखों में उसकी ज़रूरत और

उसकी तकलीफ़ को पढ़कर हर सम्भव देखभाल करतीं। वे उसकी एक दिन ठीक होने की उम्मीद को अपने दिल में सहेज कर रखतीं और एक ख़ामोश पगडण्डी पर, जहाँ दामिनी चली जा रही थी, उसके हर क़दम पर हमसफ़र बनकर उसका साथ देतीं।

वो नर्सें उस दिन भी दामिनी के लिए संघर्ष कर रही थीं, जब जब अस्पताल प्रबन्धन दामिनी को कहीं और भेजने की तैयारी करता। हर बार जब न्याय की उम्मीद धुंधली होने लगती, तब सभी नर्सें एकजुट होकर आवाज़ उठातीं। वे मिलकर इस अन्याय का विरोध करतीं, हड़ताल की चेतावनी देतीं, और अन्ततः अस्पताल प्रबन्धन को उनके सामने झुकना पड़ता।

यह महिला एकजुटता का एक सशक्त उदाहरण था जहाँ कोई ख़ून का रिश्ता नहीं था, लेकिन फिर भी हर नर्स निःस्वार्थ भाव से दामिनी के लिए खड़ी थी।

वक़्त बीतता जा रहा था। साल दर साल गुजर रहे थे। दामिनी अब भी जीवित थी वह एक ज़िन्दा लाश बन चुकी थी, जिसकी आँखों में न सपने बचे थे, न सवाल। बस एक ख़ामोश जीवन, जो कभी उसकी मुस्कुराहटों से भरा हुआ था, अब सिर्फ़ सिसकियों की परछाई बन कर रह गया था।

उस अस्पताल की नर्सों ने यह साबित किया था कि कुछ रिश्ते बिना स्वार्थ के भी निभाये जाते हैं, और ज़िन्दगी में कभी-कभी इन्सान किसी अजनबी के लिए भी बिना शर्त समर्पित हो जाता है।

वे सभी नर्सें दामिनी की ख़ामोश चीखें सुन सकती थीं, उस प्रेम को समझ सकती थीं जो उसकी ज़ुबान से कभी निकल नहीं पाती थी। उस पल का सन्नाटा दूर तक फैला हुआ था, जिसमें दामिनी की पीड़ा और उसकी देखभाल करने वाली नर्सों की ममता घुली हुई थी। नर्सें जानती थीं कि वे दामिनी के लिए सिर्फ़ कर्तव्य नहीं निभा रही थीं, बल्कि एक ऐसा रिश्ता जी रही थीं जिसे समझने के लिए दिल की गहराई और सम्पूर्ण समर्पण चाहिए।

हर सुबह 5:30 बजे से दामिनी की दिनचर्या शुरू होती थी। नर्सें बताती थीं कि उसे नॉन-वेज में मछली का स्वाद बहुत पसन्द था। अगर उसे कुछ पसन्द नहीं आता, तो वह उसे मुँह से निकाल देती थी।

एक दिन, दामिनी बहुत बेचैन थी और अपने मुँह से आवाज़ें निकाल रही थी। कोई नहीं समझ पा रहा था कि उसे क्या हुआ है, लेकिन उसकी तकलीफ़ स्पष्ट थी। फिर केसी की नज़र बिस्तर पर पड़े एक दाँत पर गयी–शायद वह दाँत टूटकर गिर गया था, जिससे असहनीय दर्द हो रहा था, या फिर एक दाँत निगलने में आ गया था, जो गले में खटक रहा था। उसका शरीर तो अपनी उम्र को बयाँ कर रहा था, 42 साल उसने उस अवस्था में निकाले जिसे साइंस की भाषा में वैजीटेटिव स्टेट कहा जाता है, यह एक ऐसी न्यूरोलॉजिकल स्थिति है जहाँ आँखें खुली होती हैं पर ख़ुद के प्रति कोई जागरूकता नहीं होती पहले बढ़ता हुआ, फिर ढलता हुआ, और उसे इसे स्वीकार करना पड़ रहा था। लेकिन जब शरीर मजबूर होकर रूप बदलता है, तो यह तय नहीं हो पाता कि वह किस आकार में ढलना चाहता है। वह निराकार नहीं थी, बस उसका आकार अनिश्चित था।

दामिनी की मुट्ठी हमेशा बन्द रहती थी, लेकिन उसके शरीर में खाना और पानी बराबर जाते थे, जिससे उसके नाख़ून बढ़ते थे। वे नाख़ून उसकी हथेली की तरफ़ धंसते हुए बढ़ रहे थे, और न जाने कौन सी लकीरें बना रहे थे उसके हाथों में। हम तो अपनी हथेलियों पर मुस्कुराहटें तलाशते हैं, लेकिन उसकी मुट्ठी खोलकर उन नाख़ूनों को काटना एक दर्दनाक कार्य होता था।

हर तकलीफ़ को सहते हुए, दामिनी उस राह पर चलती जा रही थी, जो उसने कभी अपने लिए नहीं चुनी थी। लेकिन उसने थकना नहीं सीखा था, और वह थकी भी नहीं। उसकी आत्मा में एक अदम्य साहस था, जो उसे आगे बढ़ने के लिए प्रेरित करता रहा। उसकी कहानी एक संघर्ष की दास्तान थी, जिसमें हर दर्द ने उसे और भी मज़बूत बनाया।

डॉक्टर, नर्स और पूरा अस्पताल का स्टॉफ दामिनी को इतने करीब से देख रहे थे–उसकी हर बेचैनी, उसकी हर ख़ुशी को समझने की कोशिश कर रहे थे। वे उसकी हर आहट को महसूस कर रहे थे, चाहे वो किसी भी रूप में क्यों न हो। दामिनी, बिना किसी शिकवा शिकायत के, बिना किसी आवाज़ के, हर तकलीफ़ को सहन कर रही थी।

# आठ

ज़िन्दगी की तमाम मुश्किलें और चुनौतियाँ उसकी राह में आयीं, लेकिन वो न तो रुकी, न ही थकी। उसका हौसला मानो अडिग था, जैसे हर दर्द, हर कठिनाई ने उसे और भी मज़बूत बना दिया हो।

दामिनी ने न जाने कितने सपने देखे होंगे, कितनी ख़्वाहिशें रही होंगी, लेकिन जो रास्ता उसे मिला, उस पर उसने कभी सवाल नहीं उठाया। उठाती भी कैसे? उसने बिना शिकायत, अपने जीवन को उसी दिशा में बढ़ाते रहने का फ़ैसला कर लिया था शायद मज़बूरी भी थी जहाँ हर क़दम उसे और ज़्यादा दर्द से भरी मंजिल की ओर ले जाता था। पर उसकी आत्मा का जज़्बा ऐसा था कि उसने थकना सीखा ही नहीं।

बयालीस सालों तक दामिनी एक बिस्तर पर ख़ामोश पड़ी रहीं। न बोलने की ताकत थी, न किसी दर्द को बयाँ करने का साधन। उसका दर्द उसके साथ ठहर गया था लेकिन ज़िन्दगी वो तो चलती जा रही थी आसपास लोग थे जो उनकी सेवा कर रहे थे, पर दामिनी के पास अपनी पीड़ा व्यक्त करने का कोई जरिया नहीं था। उनकी कहानी एक घुटन भरी चुप्पी में सिमट गयी थी।

देविका नाम की एक युवा पत्रकार को इस घटना की भनक कहीं से लगी। वह हाल ही में इस शहर में आयी थी और अपने ऑफ़िस की पुरानी फाइलों और रिपोर्ट्स को खंगालते हुए उसे पहली बार "दामिनी केस" के बारे में जानकारी मिली।

इस केस की कहानी ने उसकी जिज्ञासा को और गहरा कर दिया। एक स्त्री के साथ हुए अन्याय, चुप्पी और संघर्ष की यह दबी-दबी सी कहानी उसे भीतर तक झकझोर गयी। और फिर, उसी जिज्ञासा के चलते वह दामिंनी से मिलने अस्पताल पहुँची।

कहते हैं, ज़िन्दगी में कोई भी यूँ ही नहीं मिलता हर मुलाक़ात के पीछे कोई न कोई कारण होता है। देविका और दामिनी की यह पहली भेंट भी शायद नियति की ऐसी ही कोई साजिश थी जहाँ एक की चुप्पी और दूसरे की आवाज़ का मिलन किसी नयी शुरुआत का संकेत दे रहा था।

देविका ने दामिनी की चुप्पी को अपनी आवाज़ देने का संकल्प लिया। दामिनी से एक तरफ़ा दोस्ती का यह रिश्ता तब शुरू हुआ जब देविका ने इस जूझती हुई आत्मा के लिए कुछ करने की ठानी। देविका ने दामिनी की कहानी को पूरी दुनिया के सामने लाने का बीड़ा उठाया, उसने दुनिया को बताया कि जो एक नर्स के रूप में कभी मरीज़ों की देखभाल करती थी, लेकिन अब ख़ुद किसी और की देखभाल पर निर्भर थी।

देविका, दामिनी की ज़िन्दगी में एक ऐसी दोस्त बनकर आयी, जिन्होंने उसकी दर्द भरी ख़ामोशी को समझा और उसे आवाज़ दी। जब दामिनी ख़ुद को व्यक्त करने में असमर्थ थी। वह नहीं जानती थी कि कोई उसके लिए क्या कर रहा है, लेकिन देविका लगातार उससे मिलने आतीं, उसके दर्द को महसूस करतीं, और उसके मौन को अदालत तक ले गयीं। 2007 में देविका ने हाई कोर्ट में "इच्छा मृत्यु" की गुज़ारिश की, यह मानते हुए कि दामिनी की स्थिति में इस तरह जीना, जीने के मायने खो देता है। हाई कोर्ट के बाद देविका सुप्रीम कोर्ट तक भी गयी, देविका ने सुप्रीम कोर्ट में अपील की कि दामिनी की अवस्था को देखते हुए उन्हें ज़िन्दा नहीं रखा जाना चाहिए। दामिनी 1971 में हुए एक हमले के बाद 'पर्मानेंट वेजिटेटिव स्टेट' में थीं जन्मों की तरह लम्बा खिंचता हुआ समय, जिसमें न दामिनी जागती, न सोती, बस साँसें लेती रहती थीं। यह कोई जीवन नहीं था, केवल एक अस्तित्व भर था। दामिनी की पीड़ा को समझने के बाद उसे सार्वजनिक किया और न्याय दिलाने के लिए हर संभव कोशिश की। देविका ने दामिनी के लिए "इच्छामृत्यु" की याचिका दायर की, यह मानते हुए कि इस तरह का जीवन जीना किसी भी इन्सान के लिए घोर यातना से कम नहीं है। उन्होंने कोर्ट से यह अपील की कि दामिनी को इस पीड़ा से मुक्त किया जाये।

सालों बाद देविका, दामिनी के दर्द और संघर्ष को दुनिया के सामने लाई, जिसने समाज में गहरे सवाल खड़े किए क्या ऐसे जीवन को जीवित रखना

वास्तव में जीवन कहलाता है? क्या यह किसी की मानवता का हनन नहीं है कि उसे जिन्दा लाश की तरह ज़िन्दा रखा जाये, बस उसकी आत्मा उस शरीर में क़ैद हो?

दामिनी के लिए कोई भी फ़ैसला लेना सम्भव नहीं हो पाया। उसके पास परिवार नहीं था, और अस्पताल प्रशासन, जो उसे सालों से एक बच्चे की तरह पाल रहा था, उसे मौत नहीं दे सका। उनके लिए दामिनी जैसी भी थी, वह ज़िन्दा थी और उनका हिस्सा बन चुकी थी। ख़ुद दामिनी अपनी हालत में न मौत माँग सकती थी, न उसे स्वीकार कर सकती थी। लेकिन दामिनी की यह दर्द भरी, ख़ामोश लड़ाई एक नया कानून ज़रूर ले आई–एक ऐसा क़ानून जो दामिनी की मूक अवस्था का परिणाम था।

दामिनी, जो ज़िन्दगी में सेवा कर के कुछ नाम कमाना चाहती थी, अब एक मूक प्रतीक बन गयी थी। वह कुछ कर गुज़रना चाहती थी, लेकिन उसकी हालत ने उसे ऐसा कभी करने नहीं दिया। फिर भी, उसने अपनी ख़ामोशी में सबसे कठिन लड़ाई लड़ी–ज़िन्दगी और मौत के बीच की वो अनदेखी लड़ाई, जिसमें उसके क़दमों के निशान भी किसी को नज़र नहीं आये। अपमान, प्रताड़ना, और न जाने कितनी मानसिक और शारीरिक पीड़ा को सहन करते हुए दामिनी ने बिना किसी प्रतिरोध के सब कुछ सह लिया। वह लगातार इन्तज़ार करती रही–किसका? ये शायद कोई नहीं जानता।

शायद जब ज़िन्दगी में ख़्वाब अधूरे रह जाते हैं, तो मौत भी आसानी से नहीं आती। दामिनी के साथ भी ऐसा ही हुआ। बरसों तक एक बिस्तर पर पड़े हुए उसके सपने भी दम तोड़ चुके थे, पर उसका शरीर अब भी साँस ले रहा था। वो नाम कमाना चाहती थी, कुछ बड़ा करना चाहती थी, अपनी पहचान बनाना चाहती थी। लेकिन शायद ईश्वर ने उसकी नियति कुछ और ही लिख रखी थी। उसकी ज़िन्दगी ने एक ऐसा मोड़ लिया, जहाँ उसने ख़ुद कुछ भी नहीं चुना, मगर उसकी ख़ामोश पीड़ा और लम्बा संघर्ष समाज के लिए एक अहम बदलाव की वजह बन गये।

दामिनी ख़ुद को साबित करना चाहती थीं, मगर उसकी सबसे बड़ी उपलब्धि वह बन गयी, जिसकी उसने कभी कल्पना भी नहीं की होगी। वो एक ऐसे कानून की नींव की पहली ईंट बनी, जो शायद समाज के लिए बेहद

ज़रूरी था। उसकी हालत, उसकी वेदना, और उसकी ख़ामोशी ने पूरे देश को "पैसिव यूथेनेशिया" पर सोचने को मजबूर कर दिया।

शायद उसकी ज़िन्दगी का यही मकसद था अपने दर्द से दूसरों को राह दिखाना। उसका नाम और उसकी कहानी अब हमेशा याद रखी जायेगी, क्योंकि उसने बिना कुछ कहे एक ऐसा अध्याय लिखा, जिसे इतिहास कभी भूल नहीं पायेगा।

सुप्रीम कोर्ट के इस फ़ैसले ने दामिनी के लिए कोई अन्तिम निर्णय तो नहीं दिया, लेकिन इस फ़ैसले ने भारत में "पैसिव यूथेनेशिया" के लिए एक क़ानूनी आधार स्थापित किया। अब, अगर कोई पेशेंट ऐसी हालत में है और डॉक्टर या परिवारजन मानते हैं कि उसकी स्थिति में सुधार की कोई उम्मीद नहीं है, तो वे हाई कोर्ट में अपील कर सकते हैं। हाई कोर्ट सभी पक्षों को सुनकर अन्तिम फ़ैसला करेगा।

2014 में, स्वास्थ्य मंत्री ने संसद में बताया कि क़ानून और न्याय मन्त्रालय ने तय किया है कि सुप्रीम कोर्ट के फ़ैसले को ही 'गाइडलाइन' माना जाये। यह निर्णय, जो देविका की दोस्ती और उसकी क़ानूनी लड़ाई की बदौलत सम्भव हुआ, भारत में इच्छामृत्यु से जुड़े मामलों के लिए एक महत्त्वपूर्ण क़ानूनी मोड़ साबित हुआ।

फिर वह दिन आया जब दामिनी ने आख़िरी साँस ली। लेकिन उसकी मौत के साथ भी एक नयी लड़ाई शुरू हुई। अस्पताल प्रबन्धन चाहता था कि दामिनी के भाई-बहन उसकी देह को ले जायें और उसका अन्तिम संस्कार करें, लेकिन वह स्टॉफ जिसने सालों तक दामिनी की सेवा की थी, उन्होंने इसका विरोध किया। स्टॉफ ने कहा कि जब दामिनी को अपने परिवार की सबसे ज़्यादा ज़रूरत थी, तब वे कहाँ थे? उन्होंने वर्षों तक उसकी सेवा की, उसकी देखभाल की, इसलिए दामिनी की अन्तिम यात्रा भी उनके साथ होनी चाहिए।

और फिर, वो चिड़िया जिसने अपने पूरे जीवन को कटे पंखों के साथ बिताया, आख़िरकार आसमान में उड़ गयी। वो आज़ाद हो गयी, लेकिन कितने अधूरे ख़्वाब, अधूरा प्यार, और अन्तहीन इन्तज़ार उसके साथ थे

शायद ये कोई कभी जान नहीं पायेगा। उसकी लड़ाई अब ख़त्म हो चुकी थी, एक ऐसा अन्त जिसमें उसका हर दर्द, हर संघर्ष थम चुका था। दामिनी अब उस आसमान में उड़ रही थी, जहाँ उसे अपने कटे पंखों के बावजूद आज़ादी मिली थी।

# उपसंहार

जैसे ही दामिनी का मामला ख़त्म हुआ, और उसकी कहानी हमारे सामने आयी, मुझे यह एहसास हुआ कि यह सिर्फ़ एक व्यक्ति की त्रासदी नहीं थी। यह उन लाखों महिलाओं की कहानी थी, जिन्हें समाज, न्याय व्यवस्था, और अस्पतालों जैसी संस्थाओं से असल में कभी न्याय नहीं मिला। दामिनी की कहानी ने हमें यह समझने पर मजबूर किया कि हमारे समाज में महिलाओं के ख़िलाफ़ होने वाले अपराधों के मामले में न्याय का क्या हाल है। 42 साल तक एक अस्पताल में बेज़ुबान, लावारिस-सी पड़ी दामिनी का मामला सिर्फ़ और सिर्फ़ संवेदनहीनता और लापरवाही की कहानी थी। यह कहानी यह सवाल खड़े करती है कि क्या हमारी न्याय प्रणाली सच में महिलाओं के प्रति अपनी ज़िम्मेदारी निभाती है?

लेकिन अफसोस, दामिनी अकेली नहीं थी। उसकी तरह, बहुत-सी महिलाएँ ऐसी हैं जिनका सामना इसी तरह के दर्दनाक अनुभवों से हुआ, और जिनके साथ न्याय नहीं किया गया। निर्भया का मामला, जिसने देश को हिलाकर रख दिया, उसके बाद भी न्याय की प्रक्रिया में देरी ही नहीं, बल्कि कई बार तो न्याय भी नहीं मिला। दामिनी की तरह, जिन महिलाओं ने अपनी आवाज़ उठाई, उन्हें भी कई बार न्याय नहीं मिल सका। दिल्ली का निर्भया काण्ड, कश्मीर का कठुआ काण्ड, उन्नाव काण्ड और हाल ही में कोलकाता का बलात्कार काण्ड हर घटना ने हमारी न्याय व्यवस्था को एक नया झटका दिया। और हर बार, हमें यह सोचने पर मजबूर कर दिया कि क्या हम सच में महिलाओं के ख़िलाफ़ हो रहे अपराधों को गम्भीरता से ले रहे हैं?

निर्भया काण्ड, जो 2012 में दिल्ली में हुआ, ने न सिर्फ़ देश को, बल्कि पूरी दुनिया को हिलाकर रख दिया। एक लड़की के साथ सामूहिक दुष्कर्म और फिर हत्या की घटना ने हम सबको यह सोचने पर मजबूर किया कि हमारी पुलिस, हमारी अदालतें और हमारी सरकारें महिलाओं की सुरक्षा को लेकर कितनी गम्भीर हैं। निर्भया की हत्या के बाद जो आन्दोलन उठा, उसने न्याय व्यवस्था की खामियों को उजागर किया। लेकिन फिर भी, दोषियों को सजा दिलवाने में क़ानूनी प्रक्रिया ने वक़्त गंवाया और न्याय मिलने में देरी हुई। यह केस अब तक के सबसे चर्चित मामलों में से एक था, लेकिन फिर भी कई सालों की क़ानूनी लड़ाई के बाद दोषियों को फाँसी पर लटकाया गया।

कुछ सालों बाद, 2018 में कश्मीर के कठुआ जिले में एक 8 साल की बच्ची के साथ दुष्कर्म और हत्या का मामला सामने आया। उस मासूम बच्ची के साथ हुई दरिन्दगी ने पूरे देश को शर्मसार कर दिया। उसकी हत्या ने हमें यह सोचने पर मजबूर किया कि जब छोटे बच्चों के साथ भी ऐसा हो सकता है, तो क्या हम सुरक्षित हैं? देशभर में इसका विरोध हुआ, लेकिन मामले की जाँच और न्याय में राजनीतिक दबाव और साम्प्रदायिक ताकतों का प्रभाव साफ़ दिखा। दोषियों को सजा मिली, लेकिन न्यायिक प्रक्रिया की धीमी गति और राजनीतिक रुख़ ने न्याय पर कई सारे सवाल उठाए।

लेकिन फिर एक और अत्यधिक दर्दनाक घटना ने हमें सच्चाई का अहसास कराया। अगस्त 2024 में कोलकाता के आर. जी. कर मेडिकल कॉलेज और अस्पताल में एक 31 वर्षीय महिला डॉक्टर के साथ बलात्कार और हत्या की घटना घटी। यह घटना एक रात की शिफ्ट के दौरान हुई, जब डॉक्टर अकेले काम कर रही थी। इस घटना ने देशभर में प्रदर्शन और आक्रोश का माहौल बना दिया, ख़ासकर मेडिकल पेशेवरों के बीच, जिन्होंने सुरक्षा की बेहतर व्यवस्था की माँग की। शुरुआती जाँच को लेकर भी आलोचना की गयी, जिसके बाद मामले को सीबीआई के पास स्थानान्तरित किया गया। सीबीआई ने पुलिस वालंटियर को अपराधी माना और उसे ज़िन्दगी भर की सजा सुनायी। इस घटना ने भारत में महिलाओं की सुरक्षा को लेकर गहरी चिन्ता जतायी और पश्चिम बंगाल सरकार ने यौन अपराधों के लिए कड़े क़ानूनों के प्रस्ताव पर काम करना शुरू किया।

लेकिन फिर भी, क्या इस घटना से क्या कुछ बदलेगा? क्या महिलाओं को अब उनकी सुरक्षा और सम्मान मिलेगा? क्या हमारी न्यायिक प्रक्रिया फास्ट और प्रभावी होगी या फिर इस तरह की घटनाएँ हमारे समाज में आवश्यक बदलाव लाने के बजाय केवल और बढ़ती जायेगी?

यह घटनाएँ और दामिनी की त्रासदी हमें यह याद दिलाती हैं कि महिला सुरक्षा अब तक न केवल क़ानूनी, बल्कि सामाजिक बदलाव का सवाल बन चुकी है। महिलाएँ अपने घरों से बाहर जाने से पहले ही सुरक्षित महसूस नहीं करतीं, और इसके पीछे मुख्य कारण यह है कि हमारा क़ानूनी तन्त्र और समाज महिलाओं के अधिकारों और सुरक्षा के प्रति उतना गम्भीर नहीं हैं जितना होना चाहिए।

क्या हम कभी न्याय व्यवस्था में उन सुधारों को लागू कर पायेंगे जो इन दुखद घटनाओं को रोक सकें? क्या महिलाओं को सच में कभी असली सुरक्षा मिलेगी? अगर हम सचमुच चाहते हैं कि हमारे समाज में बदलाव आये, तो हमें कानून और समाज दोनों ही स्तर पर महिलाओं के अधिकारों को प्राथमिकता देनी होगी, ताकि भविष्य में कोई और अरुणा, दामिनी या निर्भया या फिर कोलकाता की डॉक्टर की तरह शिकार न हो।

❑❑